911代理店

渡辺裕之

角川春樹事務所

本書はハルキ文庫の書き下ろしです。

本作品はフィクションであり、登場する人物、団体名など架空のものであり、現実のものとは関係ありません。

EMERGENCY CALL 911 AGENCY

Contents

プロローグ

二〇一五年十一月十三日午後九時二十七分、パリ11区。
レピュブリック駅で地下鉄を降りた神谷隼人は、地上出口からレピュブリック広場の歩道に出た。身長は一八三センチ、彫りが深く日本人離れした風貌をしている。木枯らしが足元に絡みつき、神谷は思わずコートの襟を立てると、フォーブール＝デュ＝タンプル通りに入った。

気温は日が暮れてから十度を切り、吹き付ける西風が体感温度を下げる。

パリへは今月二回目のフライトで、明日の便で日本に帰国することになっていた。この街に仕事や観光で来たわけではない。旅客機に乗ること自体が仕事なのだ。

神谷は、警視庁東京国際空港テロ対処部隊の航空機警乗警察官である。日本ではあまり知られていないが、旅客機に客を装って乗り込む、海外ではスカイマーシャルと呼ばれる対テロ武装警察官だ。情報漏洩を防ぐため、基本的にはランダムに選ばれた航空機に乗る。渡航先の空港で銃の所持許可を得る必要があるため、行き先はスカイマーシャル制度を実施している国や地域が主で、搭乗するのは日本の航空機である。２００１年同時多発テロ以来、先進的にスカイマーシャルの運用を推し進めている米国に行くことが多いが、政財界の要人の警護を兼ねて、ユーロ圏行きの機に同乗を命じられることもあった。そうしてたまたま二週連続でパリ行きの任務が重なったのだ。

海外で地上に降りれば帰国便での勤務まで待機することになる。そのため空港近くのホテルに宿泊し、外出も極力控えるのが暗黙のルールだった。

イスラエルのように六人体制の国もあるが、警視庁では一人ないし二人で乗り込む。今回は単独のため、神谷は他人の目を気にする必要もなく、少し足を延ばしてパリ市内のホテルに宿泊していた。移動は地下鉄を利用して、自由な時間を満喫するのがストレスを溜めない秘訣なのだ。

スカイマーシャルの主たる任務はハイジャック等の防止であり、有事の際には飛行中の機内で、機長らと連携してハイジャック犯を制圧しなければならない。

当然格闘技や射撃の技術を実戦的かつ高いレベルで身につけていることが求められる他、航空機の基礎知識や語学力も必須である。ネイティブ並の英語が最低条件で、神谷は英語以外にもフランス語とドイツ語、アラビア語を習得している。

だが、狭き門を潜り抜け、超が付くエリート集団であるスカイマーシャルにいざなってみると、欧米への国際線を週二往復するだけの退屈な勤務というのが実情だった。スカイマーシャルの実務に就いて二年目になるが、搭乗機の故障以外の事件・事故にあったこともないのだ。

スカイマーシャル制度の先進国である米国でも、度重なる長時間フライトに耐えられず、精神的に不安定になるスカイマーシャルは少なからずいると聞く。だからこそ、地上にいる間は気分転換が必要となる。それに遊ばなければ使い道のない金が貯まるだけだ。

マルト通りを横切り、映画館のアポロ劇場の前を通り過ぎた。この辺りはアジアンティストの気さくな飲食店が並んでおり、観光客だけでなく地元の若者の姿も多く見かける。

百メートルほど先にあるフォンテーヌ・オー・ロワ通りとの交差点角にあるラ・カーザ・ノストラというピザ店に向かっていた。

パリ在住のフランス人のソフィ・タンヴィエと、待ち合わせをしている。年齢は三十二歳、モデル並のブロンド美人だが、市内の高校教師をしていた。一年前のフライトで日本からの帰国便に乗っていた縁で知り合い、それをきっかけに付き合っている。

前回会った際、彼女は遠距離恋愛を終わらせ、日本で語学教師になるための準備をしていると告白されたのだ。そろそろ潮時かと思っていたが、先を越されてしまった。そこで、今日は、日本で購入した婚約指輪をポケットに忍ばせてある。彼女にはまだ何も言っていない。こういうことは、サプライズに限る。

「こんな時間か」

腕時計で時間を確かめた神谷は早足で歩いた。時刻は午後九時二十九分、約束は九時半であるが、地下鉄が遅れたのだ。

目の前に広い空間が広がった。中央分離帯が公園になっているジェマップ通りとフォリ・メリクール通りとの交差点である。そのため、複雑な七叉路のような広い交差点で、目的のフォンテーヌ・オー・ロワ通りは、フォリ・メリクール通りの三十メートル先で交わっていた。

交差点を抜けて、ジェマップ通りの歩道に渡った。

その時、どこからともなく現れた黒尽くめの一団が、フォリ・メリクール通りへ駆け込んでいく。

「何っ！」

神谷は眉を吊り上げた。

走り去った男たちは、アサルトライフルを手にしていたのだ。独特のマガジンの形状からしてAK47に違いない。思わず、ジャケットの下に手を入れたが、勤務中に携帯しているシグ・ザウエルP230は、フランスの空港警察に預けてあった。

「……！」

銃がないと悟った途端、足が重くなった。それでも足を引きずるように神谷は男たちの後を追う。

男たちが、歩きながらAK47を構えた。銃口の先に、ラ・カーザ・ノストラがある。

「だめだ！　やめろ！」

神谷の叫び声は、AK47の銃撃音で掻き消された。

911代理店

1・九月三十日PM1：30／九月十八日PM9：00

二〇一九年九月三十日午後一時半、豪華客船プラチナ・クイーン号、12デッキ。

神谷（かみや）は12149号室で、英国陸軍も使用しているボディアーマー、オスプレイMK4に防弾のセラミックプレートを装着した。

「防弾プレートも必要か？　犯人がAK47を持っているのなら別だが」

傍（そば）で準備をしていたオースティン・ストロームが、首を捻（ひね）った。この船の警備班のリーダーで、英国海兵隊員としてアフガニスタン紛争に従軍した経験があると聞いている。銃弾が飛び交（か）う砂漠の街を経験しただけに大袈裟（おおげさ）だと言いたいのだろう。

「相手は殺しのプロだ。どんな武器を隠し持っているか分からないんだぞ」

神谷は手元にある防弾プレートをストロームに投げ渡した。

「ただでさえ動きづらいのに防弾プレートまで入れると息ができなくなりそうだ」

ストロームは舌打ちをした。身長一九四センチ、体重は一三〇キロもあるらしい。確かにこの男にはボディアーマーが小さく見える。体にあったサイズがなかったようだ。

「おまえの腹が出ているからだろう。アフガンから生還した男が豪華客船で死んだら、笑い者になるだけだ」

神谷はボディアーマーのショルダーベルトを締めて体に密着させた。

「なんとか、入ったぞ」

ストロームは、ボディアーマーの腹を叩いて笑った。

「こちらAチーム神谷。Cチーム、状況を報告してくれ」

神谷はヘッドセットのイヤホンを無線機に繋げ、仲間に連絡をした。

――こちら、Cチーム、尾形です。11デッキの乗客の避難を終えました。

さっそく仲間から無線連絡が入った。

「了解。Bチーム、状況を報告してくれ」

――こちらBチーム、貝田です。ボアスコープの準備は出来ています。いつでも指示してください。

――同じくBチーム、外山です。ワイヤーカッターでいつでもドアチェーンを切断しますよ。

「了解。こちら、神谷。岡村さん、応答願います」

神谷は無線連絡を続けた。

――こちら岡村、準備は出来たようだな。私は五名の警備員と一緒にいる。正面からの突入の際は、私が指揮を執る。

「了解しました。指示してください」

――こちら、岡村。Bチーム貝田、ボアスコープで室内を偵察し、人質と犯人の状況を報告。Aチーム神谷、ストロームと降下の準備をしてくれ。

「了解しました」

無線連絡を終えた神谷は、足元のロープの束を手に取った。

「君らのチームは、こういう状況になることを予測していたのか？」

ストロームは神谷と目が合うと肩を竦めて見せた。彼も無線を聞いていたのだが、日本語はほとんど分からないのだ。

「まさかな。降下の準備をしよう。もうすぐ出番だ」

首を振った神谷は、ロープの束を摑んだストロームに指示した。

「チームについても、説明したいが守秘義務があるんでね」

神谷は苦笑を浮かべて誤魔化した。仲間との出会いは、偶然が重なったからだと自分では思っている。説明したところで、信じてはもらえないだろう。そもそも、出会ってからまだ二週間も経っていないのだ。

二〇一九年九月十八日午後九時、新宿歌舞伎町、花道通り。

薄汚れたバックパックを背負った神谷は、交差点角の植え込み近くで立ち止まり、周囲を見回した。

バックパックから段ボールで作った手製の看板を出し、小脇に挟んでいた小さなフラフープを歩道の端に置くと、周囲を見回して看板を歩道の鉄製の車止めに立てかけた。看板には油性ペンで〝千円で三十秒、殴り放題！　当たれば無料。※サービスパンチもあり〟と記されている。

神谷は角の飲食店の壁に腕を組んでもたれ掛かり、雨上がりの空を見上げた。

気温は二十五度だが、湿度が高いためじっとりと汗ばむ。

この界隈は飲食店が多いので、通行人もひっきりなしに通る。だが、朝から雨が降り続いたせいか、今日は通行人もまばらだ。

週に五日間、車の修理工場で働き、工場が休みの日は〝殴られ屋〟で日銭を稼いでいる。

「おっと」

神谷は慌ててバックパックに看板を仕舞った。

二人の警察官が、近付いてくる。そのうちの一人が、神谷を怪訝な表情で見ながら通り過ぎて行く。知らない顔なので、新人かもしれない。この通りには交番がある。パトロールに出かけるのだろう。彼らに手書きの看板が見つかると、交番に連れて行かれて説教をされ、看板を没収されることもある。

警察官の姿が見えなくなるまで見送った神谷は、再びバックパックから看板を出した。

「なになに、『三十秒、殴り放題』？　面白そうだけど、どういうこと？」

三十分ほど立っていると、酒に酔った三人組のサラリーマン風の若い男が声を掛けてきた。基本的にこの手の酔っ払いが客になる。四十代前半と二十代半ばが二人、年配の男が職場の上司なのだろう。若い男は、上司に促されたようだ。

「フラフープの中に立つ私を、グローブを付けて三十秒間、殴ってください。私は避けますが反撃はもちろんガードも一切しません。私の顔面にパンチが当たったら、いただいた千円はお返しします」

神谷は抑揚のない声で説明した。所詮相手は酔っ払いである。スマイルまでサービスするつもりはない。

「それじゃあ『サービスパンチ』って何？」

若い男が首を傾げた。

「三十秒間当たらなかったら代金を戴く代わりに、一発だけパンチを受けます」

神谷は挑発的に左の頬を指差した。結局殴らせないと客は納得しないため、一発だけ無抵抗な状態で殴らせるという条件を付けるのだ。

「面白い。俺が金を出すから、金子、おまえがチャレンジしてみろ。学生時代、ボクシング部だったんだろう？」

上司らしき男が、財布から千円札を出して渡してきた。

バックパックから十二オンスのグローブを出すと、金子と呼ばれた男は、ひったくるように取った。

「タイマーで三十秒を知らせます。時間を過ぎてもやめない場合は、超過料金をもらいます。ファイティングポーズを取ったら『ファイト』と合図をします」

神谷はキッチンタイマーを右手に握ると、フラフープの中央に立った。

「分かった」

男はファイティングポーズを取ると、合図も待たず、いきなり右のジャブから左のフックを繰り出してきた。不意を衝こうとしたのだろう。確かにボクシング経験者らしい。

「ファイト！」

神谷はキッチンタイマーのスイッチを押しながらパンチを見ることもなく、上体を逸らしてかわした。

「えっ！」

驚いた男は、右ジャブから左のストレートと基本的なコンビネーションで打ち込んできた。だが、パンチは虚しく空を切る。

結局男は一発もパンチを当てられず、キッチンタイマーの電子音を聞くことになった。たった三十秒だが、男は肩で息をしている。日頃の運動不足と、酒に酔っているせいだろう。

二人の周りにはいつの間にか野次馬が集まっている。いつものことだが、しばらくすると人混みに気付いた警察官がやってくるので、早々に退散する必要があった。

「それでは、サービスに一発どうぞ」

神谷は後ろに腕を組んで、背筋を伸ばした。

「怪我しても知らないぞ」

額の汗を拭った若いサラリーマンは、にやりと笑って拳を構えた。

「どうぞ。ご自由に」

頷いた男は、予想通り右ストレートを左顎に入れてきた。神谷は当たる寸前に僅かに首を振った。男が拳を痛めないようにパンチの衝撃を顎で吸収したのだ。バチンという音に、神谷は二メートル後方の歩道に転がった。目の前に星が飛んだ。

野次馬からどよめきが漏れる。

「だっ、大丈夫ですか？」

若いサラリーマンは、慌てて尋ねてきた。殴った彼の拳にもかなり手応えがあったはずだ。驚くのも無理はない。

「いいパンチだった」

神谷は顎を摩りながら立ち上がり、サラリーマンからグローブを受け取ると、看板と一緒にバックパックに捻じ込んだ。

「何をしている！　通行の邪魔だ」

警察官が駆け寄って来る。日本一の繁華街だけに警察の対応は早い。

「どいてくれ」

神谷は、野次馬を掻き分けて2番通りを職安通りに向かって走った。

2・九月十九日AM9:50

翌日、神谷は目白台にあるアパートの自室で、カーテンの隙間から差し込む日差しで目覚めた。

1DK二十七平米、最寄りの有楽町線の護国寺駅まで徒歩六分、家賃は月九万円と、駅に近い割には手ごろである。家賃が安いのは、保育園が目の前で騒々しいためらしいが、日中不在にしている神谷には関係ない。

寝室にしている部屋は二・五畳の洋室でベッドが置けず、布団を床に直に敷いていた。ダイニングキッチンには、ソファーとテーブルとテレビを置いてそれなりに寛げるスペースにしている。

布団から抜け出した神谷は、こめかみに指を当てながら立ち上がった。頭を締め付けるような頭痛と、胸焼けがする。

ダイニングルームにある食器棚から重曹の箱を取り出し、指先で適当に摘んで口の中に放り込むと、流し台でコップに水を汲み、妙にしょっぱい重曹を飲み込んだ。いやなゲップが出るが、これが二日酔いには一番効く。

流し台にもたれ掛かり、ソファーの前に置いてあるローテーブルを見ると、空のグラスと焼酎の二リットル入り紙パックが転がっていた。持ち上げると、かなり軽い。昨夜、殴られ屋で稼いだ金で買った安酒を、一晩でほとんど飲んでしまったらしい。

ソファーに腰を下ろし、リモコンでテレビを点けた。朝のニュース番組が放送されている。画面左上に午前九時五十二分と時刻が表示されていた。

「なんてことだ」

右手で額を押さえ、舌打ちをした。

神谷は新宿区戸山にある自動車修理工場に、三ヶ月前から勤めている。

布団の脇に置いてあったスマートフォンを摑み、自動車修理工場に電話を掛けた。

「神谷です。社長はいますか？」

――神谷くんか。なんだね？

電話を取った相手は、社長の小林だった。従業員は神谷を入れて三人のため、社長が電話を受ける確率はかなり高い。

「今朝は体調を崩してしまって、熱もあるようです」

苦笑を浮かべながら神谷は嘘をついた。

――それで？

小林は冷たく言った。

「少し遅れます。すみません」

――始業は八時半だよ。少しじゃない。

「そっ、そうですよね。がんばって今から行きます」

——この三ヶ月間、君の勤務ぶりを見てきた。確かに腕はいいが、遅刻が多すぎるんだ。それに酒臭いこともよくある。君はアルコール依存症なんだろう?

「依存症? まさか。そんなことはありませんよ、社長。遅刻した分は、残業しますから」

深酒はするが、毎晩飲むわけではない。それに、一人暮らしですることがないからだ。

——悪いが、もう来なくていいよ。

「えっ、どういうことですか?」

言いたいことは分かっている。今回に限らず、これまで幾度となく似たような台詞を聞いてきたのだ。

——みなまで言わせないでくれ。君はクビだ。そもそも、世話になった畑中さんの紹介だから雇ったのに、我慢の限界だよ。

通話は一方的に切れた。

「やっちまったな」

ソファーに深々と腰を下ろした神谷は、紙パックから空になっているグラスに焼酎を注いだ。〝迎え酒〟は、ちびちび飲むものではない。神谷は一気に飲み干した。

紙パックを持ち上げて振った。

「閉店か」

最後の一杯だったようだ。酒臭い溜息を吐いた神谷は、紙パックを部屋の片隅に投げ捨てた。これでもアルコールを控えようと努力している。そのため、酒代は殴られ屋で得られた金以外使わないようにしてきた。財布に二万円ほど入っているが、その金は飲み代にしない。それがルールなのだ。

神谷は綿の軽いジャケットを着ると、部屋を出た。

気温は二十五度、青空が広がり、九月にしては日差しが強い。

住宅街を抜けて目白通りを渡り、再び住宅街に入る。百メートルほど進むと、左手に立派な屋敷の正門が見えてきた。

明治時代、宮内大臣を十一年間務めた田中光顕の邸宅だった〝蕉雨園〟である。現在は講談社が所有しており、一般には公開されていない。敷地面積は約六千坪あるため、道の左側は凝灰岩の立派なブロック塀が続く。

しばらく進むと、目も眩むとは大袈裟だが、それほど急な胸突坂が現れる。手すりがある階段を下りて、左手の古風な木戸を潜り抜けた。江戸時代初めに俳人である松尾芭蕉が住んでいたとされる〝関口芭蕉庵〟である。

芭蕉庵の脇を通り、飛び石に従って池の縁に立った。

ひんやりとした空気だけでなく、静けさと心の安らぎがここにはある。

平日で開園したばかりということもあるのだろう、他に入園者はいない。池泉回遊式ではあるが、山奥に来たかのように緑が深い庭園である。

神谷は学生時代にこの近所に住んでおり、胸突坂もトレーニングをした思い出深い場所なのだ。卒業後、警視庁に入って引っ越ししたためにご無沙汰していた。

父親が商社に勤めており、子供の頃、ロンドンとパリに住んでいたこともあって外国語には苦労していない。そのため、SATから引き抜かれる形でスカイマーシャルになったが、二〇一五年のパリ同時多発テロを契機に依願退職している。あの日、ラ・カーザ・ノストラで神谷を待っていたソフィは、テロリストの凶弾で命を失った。

彼女を失った失意もあったが、テロを目の当たりにして無力だった自分が何よりも許せなく、退職に至ったのだ。同僚は武器を持っていなかった以上、現場に近付かなかったことは賢明だったと言う。

だが、足が竦んで動けなかったことは、誰にも話せなかった。どうせなら、テロリストの銃を奪おうとして殺された方が、どれだけよかったかと思う。それこそ、スカイマーシャルの死に様としては相応しい。神谷は生き方というより、死に方を誤ったのだ。

気持ちを切り替えるべきだと、上司から忠告も受けた。だが、対テロのスペシャリストである航空機警乗警察官は、一般人とは違うのだ。今後、たとえ武器を持っていたとしてもテロリストと対峙できるかどうかという自信を失った以上、警察官のバッジを捨てざるを得なかった。

退職後、バックパックを担いで世界中を放浪した。ソフィを弔う旅に出たのだ。今思えばそれは言い訳に過ぎず、ただひたすら無能な自分から逃避していたに過ぎなかった。

昨年の暮れに帰国し、職を転々としている。どの仕事も張りがなく、いつも何かが足りないと感じてしまう。そのため職に就いてもすぐにやる気が失せ、二、三ヶ月でクビになるのだ。しかもストレスのせいで、職を変わるたびに酒の量は増えている。小林から「アルコール依存症なんだろう？」と聞かれたが、そのうち本当に依存症になるかもしれない。

腰をかがめて池を覗くと、餌を求めて鯉が寄ってきた。その姿が物乞いしているように思えてしまうのは、卑屈になっているからだろうか。

「哀れなやつ」

自分を嘲るように神谷は呟いた。

3・同九月十九日ＰＭ10：00

午後十時、新宿歌舞伎町、花道通り。

神谷は昨夜に続き、通行人の邪魔にならないように殴られ屋の看板を出して、歩道の片隅に佇んでいた。

三十分ほど前に酔った学生を焚きつけて、一分間で二千円を手にしている。そのすぐ後にも、四人のサラリーマンを相手に五千円を手に入れた。どの客もたいしたパンチではなかったのでダメージはない。

酒代には十分だが、無職になった以上生活費も稼がなければならない。そのため、まだ帰らないのだ。一晩も頑張れば、一万円は稼げるだろう。もっとも言うほど追い詰められた状態にあるとは思っていない。二年間の放浪生活で得た経験で、なんとかなると楽観的に思っている。

二年ほど前、神谷はハンブルクで港湾の日雇い労働をして、二ヶ月ほど糊口を凌いだことがある。賃金は安かったが、違法労働のため文句は言えなかった。一緒に働いていた連中は、モロッコやイラクなどイスラム系の移民が多かった。彼らはヨーロッパではどこの国でも最下層の低賃金労働者なのだ。

神谷はドイツ語だけでなく、フランス語やアラビア語も堪能なため、雇い主から特別手当てを貰い、労働者との賃金交渉をしていた。逆にドイツ語を話せない労働者の声になることもあった。そのため、親しくなる者もいた。反面、賃金に不満を持つ連中とは反目したものだ。

そんな中でも、年上だがシリア出身のモハメッドとは仲が良かった。体格のいい元軍人で、学生時代はボクシングの選手だったらしい。港湾労働だけでは家族を食わせられないため、日祭日は繁華街で大道芸人に混じって、三十秒十ユーロという料金で殴られ屋をやっていた。

神谷も街中に繰り出して、彼の仕事ぶりを見たことがある。だが、三十秒間で五、六発も殴られていた。後で聞いたところ、年のせいもあるが、半分はわざと殴られるらしい。というのも、倒れることなく持ち堪えると、周囲の観客が拍手とともにチップをくれるからだという。

また、かっこよく殴られるのも大事だと聞かされた。激しく殴られて耐え忍ぶ姿が、観客の共感を呼ぶらしい。観客は殴られるのもパフォーマンスと捉えていたようだ。とはいえ、チップという習慣がある欧米ではいいかもしれないが、日本では通用しない。

神谷は殴られ屋を半年以上、不定期に行なっていた。今では顧客とも言える何度もチャレンジしてくれるサラリーマンもいれば、ファンと言っても差し支えない必ず見にくる飲食店の従業員もいる。ある意味、商売としては成功しているのかもしれない。

「また、おまえか」

上下黒のスーツを着た背の高い厳つい男が、虎の刺繡がされた派手なジャージ姿の若い男を引き連れて近付いてきた。警察官以外にも神谷のパフォーマンスを歓迎してくれない連中もいるのだ。この界隈を縄張りにしている広域暴力団心龍会の若頭、木龍景樹とその手下である。

路上パフォーマンスは商売の邪魔になるという理由で、これまでも数度脅されて退散させられた。彼らに逆らうほど馬鹿ではないので、素直に従っている。みかじめ料を払えばいいのかもしれないが、それほど熱心に商売をするつもりもないのだ。

「分かっている」

溜息を漏らした神谷は、看板に手を伸ばした。すると、ジャージの男が、看板を踏み潰した。

神谷は顔色も変えずに、二つに折れた看板をバックパックに仕舞った。この程度のことで腹を立てるほど、青臭くはない。

木龍は若者の名を強い口調で呼んだ。やり過ぎだと咎めたらしい。

「健太！」

「はい？」

健太と呼ばれた男は、首を捻って木龍を見ている。なぜ怒られるような口調で言われたのか分からないようだ。

「片付けることはない」

木龍はズボンのポケットから千円札を出し、神谷に渡してきた。

「やってみろ」

年齢は三十代後半、若頭というだけあって苦み走った顔をしており、身長は一八〇センチほど、がっちりとした体格をしている。

「それでは、タイマーで計ります。三十秒を超えたら、超過料金をいただきます」

健太から千円を受け取ると、神谷はグローブを渡した。身長は一七八センチほどで、痩せている。額に傷痕があり、かなり凶悪な匂いがする男だ。

健太はなぜか神谷と木龍に背を向けてグローブを嵌めると、軽く肩と首を回し、ファイティングポーズを取った。いつもと違って野次馬は、遠巻きにしている。下手に近付いてとばっちり受けたくないのだろう。

「ファイト！」

神谷はいつもの通り、自然体に構えた。

「いくぞ、おら！」

健太は左のジャブを放ち、軽い右ストレートを放ってきた。喧嘩慣れしているようだが、パンチは素人だ。

「むっ！」

右眉を吊り上げた神谷は、左手で頬を触った。血が流れているのだ。パンチはいつもの如く紙一重で避けた。男は右のグローブに凶器を隠し持っているに違いない。

「どうした、こら！」

健太は粋がってわざとらしいステップを踏み、パンチを繰り出してくる。だが、右手の凶器に気が付いた神谷は、いつもより少し間合いを取ってタイマーの音が鳴るまでパンチを躱し続けた。

「クソ野郎、サービスパンチは、避けるなよ」

肩で息をしながら健太は、睨んだ。

「もちろんだ」

神谷はちらりと木龍を見た。眉間に皺を寄せて神谷と健太を交互に見ている。

健太は拳を振り被ると、神谷の左頬にパンチを入れてきた。同時に神谷は右ストレートを健太の左頬に叩き込む。

「ぐふっ」

健太は、口から血を流して膝から崩れ落ちた。神谷は避けることなく、自分のリーチが長いことを計算に入れてクロスカウンターを放ったのだ。

「反撃しないとは、言わなかったぞ」

神谷は木龍を見て、鼻先で笑った。

「ちっ！」

木龍は舌打ちをすると、倒れている手下からグローブを抜き取った。

「……！」

眉を吊り上げた神谷は、身構えた。暴力団の幹部との摩擦は避けたいところだが、覚悟の上である。叩きのめすまでだ。

「おまえは、行け」

木龍は、グローブを神谷に投げ渡した。警察官が通行人を掻き分けながら走ってきたのだ。てっきり、殴りかかってくると思っていたのだが、気が抜けた。

「そうさせてもらう」

神谷は木龍に頷くと、警察官と反対方向に立ち去った。

4・同九月十九日PM10：30

神谷は、区役所通りの焼肉屋がある角から小道に曲がって四季の路を渡り、その先にある新宿ゴールデン街の路地に入った。

十坪前後の個性的なバーやスナックがひしめく中、神谷は馴染みのスナック〝プレイバック〟の、少々ガタがきているドアを開けた。

〝殴られ屋〟で手に入れた八千円を生活費の足しにしようと思ったが、もともと〝殴られ屋〟で得た金は飲み代と決めていたので使い道を変えるのは邪道だと考え直したのだ。

「いらっしゃい……」

長髪に口髭を生やしたマスターの須藤圭介が、神谷の顔を見て目を剝いた。二ヶ月ぶりとはいえ、大袈裟な驚きようだ。

小さなＬ字形のカウンターにはカウンターチェアが六つ、その後ろの壁際に木製の丸椅子が三つ置かれており、無理をすれば九人は収容できるというゴールデン街ではいたって標準的な店である。奥の席で二人の中年のサラリーマンが、神谷を見てグラスを持ったまま固まった。

「久しぶり」

彼らの表情は気にせずに神谷は軽く右手を上げると、マスターの前のカウンターチェアに腰を下ろした。

「どうしたの？　その怪我？」

圭介がティッシュペーパーを箱ごとカウンターに載せて尋ねてきた。

「怪我？　ああそうか」

頰を怪我していることを思い出した。ティッシュペーパーで拭うとべっとりと血が付いた。思いの外、血が流れたようだ。席を立って、店のコーナーにあるトイレのドアを開けて鏡を覗いた。血はほぼ止まっている。縫うほどではないが、頬が五センチ近く真一文字に切れていた。鋭利な刃物で切られたようだ。

「待てよ」

神谷は足元に置いたバックパックからグローブを取り出した。調べてみると、右のグローブの中に、甲の部分から刃先が出るよう小型のナイフが仕込まれていた。鼻を鳴らして笑った神谷は、グローブをバックパックに戻し、ナイフをティッシュペーパーで包んでポケットに収めた。

「頬を切られるなんて、客にプロボクサーでもいたの?」

圭介は、眉間に皺を寄せた。彼は神谷が殴られ屋で小遣い稼ぎをしているのを知っている。花道通りは近いため、客から聞いたそうだ。

「グローブが安物だからだろう」

神谷は苦笑した。正直言って、ヤクザの下っ端相手に本気を出したことに気恥ずかしさを覚えていた。テロリストには足が竦むくせにと、自分に腹が立つのだ。

「楽な商売はないね」

圭介は溜息を吐いて、首を振った。

店名の〝プレイバック〟はハードボイルド作家のレイモンド・チャンドラーの作品名である。ハードボイルド小説をこよなく愛した先代のマスター藤内辰が名付けたのだ。マスターがハードボイルド小説好きということもあり、常連客も同じようなファン層が多い。

藤内は八年ほど前に亡くなっているが、圭介が後を継いで店を切り盛りしている。

神谷もハードボイルド小説が好きで、しばらくブランクはあったものの学生時代から店に通っていた。歳は神谷の方が圭介より三つ上だが、学生時代からバイトで店に入っている圭介とは付き合いが長く気心も知れている。また、店が忙しい時は、カウンターに入って手伝ったこともある。

「ボトルキープ。炭酸割り」

いつもは適当にビールを頼んで居座るが、今日は軍資金がある。

「珍しいね」

圭介はにやりとすると、バックヤードから未開封のジム・ビームのボトルを取り出した。ウィスキーは他にも種類はあるが、ジム・ビームのホワイトラベルがこの店で一番安いのだ。

「まあな。今日はいつもより、頑張ったんだ。本職がクビになったからな」

神谷は自嘲気味に笑った。

「えっ、また？　この間、電気屋さんから転職したばかりじゃなかったの？」

圭介は首を捻りながらも氷が入ったグラスにジム・ビームを注ぎ、炭酸で割るとバースプーンでステアした。

「そうだったか？」

神谷は肩を竦めると、ジム・ビームの炭酸割りを口にした。

「これからどうするの？　畑中さんにまた相談するんでしょう？」

　圭介は小皿にピスタチオとピーナッツを入れ、神谷の前に置いた。

「いや、どうかな」

　神谷は腕を組んで唸った。圭介はこれまで神谷が職を転々とし、それが警視庁捜査一課の畑中一平の紹介であることを知っている。

　畑中は警察学校時代からの同期で、仲が良かった。九年前に畑中が分署から本庁勤務になった頃、神谷はまだＳＡＴに所属しており、畑中とプレイバックに一緒に飲みにきたことがある。以来、畑中は、この店の常連になっているのだ。

　今では捜査一課殺人犯捜査第四係の主任になっており、なにかと顔が利くらしい。昔から面倒見がいい男で、神谷の帰国を知った畑中はすぐに連絡をしてきた。だが、すでに三度も仕事を紹介してもらっているため、これ以上面倒は掛けたくない。

「神谷さんって、外国語が堪能なんでしょう？　だったらそっちの方面で、いい仕事があるんじゃないの？」

　圭介は冷蔵庫からミラーのドラフトの瓶を出すと、指で栓を抜いてラッパ飲みした。彼はアメリカンスタイルのこだわりがあり、ミラーは客じゃなく、自分用に仕入れている。

「かもしれないが、気が進まないんだ」

　スカイマーシャルで英語は必須だったが、語学力を活かして仕事をしていたわけではないと自分では思っている。そのため、マルチリンガルだからといって具体的にどんな仕事をしたらいいのか分からないのだ。

入口のドアが軋みながら開いた。

「あっ、いらっしゃい」

圭介が上目遣いで頭を下げた。

神谷も出入口を見て、右眉をぴくりと上げた。

「ビール、グラスは二つ」

背の高い男が、神谷の左隣りに座った。木龍である。

店内が静まり返った。

木龍が心龍会の若頭だということを、この界隈の者なら誰でも知っている。もっとも、知らなくても強面ぶりを見れば、この男がその筋の人間であることは分かるだろう。

圭介はビールとグラス、それにナッツの皿を用意した。

「さっきは、若いのが迷惑掛けたね」

木龍は二つのグラスにビールを注ぐと、一つを神谷の前に置いた。飲むように勧めているらしい。

「それなりに仕置きはしたから、気にしていない」

神谷は遠慮なくグラスを取ると、ポケットからティッシュペーパーに包んだナイフを出し、さりげなく木龍の前に置いた。

「……それはそうだが、あんたの顔の傷は残る。うちの業界ならともかく、カタギの世界じゃ困るだろう」

木龍はナイフをジャケットのポケットに仕舞い、ピーナッツを口に運んで渋い表情で嚙み砕く。本人が意識しているかどうかは知らないが、何をやっても極道として様になっているのだ。

「そんな心配をしていたのか。いまさら大企業に勤めるわけじゃないし、困ることはない。もっとも、今朝、会社をクビになったばかりだがな」

神谷はそういうと、豪快に笑った。ヤクザ者に仕事の心配をされている自分が妙におかしくなったのだ。相手がヤクザだからといって、遠慮するつもりはない。

木龍は神谷の態度に苦笑した。

「手下の不始末に誠実に対処するとは、気に入ったよ。飲もう」

神谷は木龍のグラスに自分のグラスを当て、ビールを一気に飲み干した。

5・九月二十日PM4：40

翌日、神谷は自宅のソファーで目覚めた。

デジャブのように、昨日と同じく頭を締め付けるような痛みと胸焼けがする。二日続けて飲み過ぎたようだ。

昨日は心龍会の木龍と意気投合し、朝方まで飲んでいた。木龍は無口な男だが、それでも酒が進むうちに話が弾んだ。

木龍は若い頃は無茶をして警察の世話になったこともあるらしいが、今は自分が勤める会社の運営に真面目に取り組んでいるようだ。暴力団が経営する会社なので話半分に聞いていたが、若者の育成にも力を入れているという。職業柄、組織に入って来る若者は、はみ出しものばかりで手を焼くそうだ。

　昨日連れていた健太という若者も暴力的な行動に走りやすいため、他の手下には任せないで直接面倒を見ていたらしい。たまたま神谷の殴られ屋を見て、健太にストレス発散させることを思いついたそうだ。

　だが、健太は木龍に自分の強さをアピールしなければと暴走し、凶悪な行動に出たらしい。しばらく謹慎させ、落ち着いたら直接神谷に詫びを入れさせると言っていた。もっとも、神谷自身は気にしてはおらず、本人が反省しているのなら謝罪の必要もないと思っている。

　ガラステーブルに載せられているスマートフォンを手に取り、時間を確かめた。午後四時四十分になっている。十一時間近く眠ったらしい。

「まいったな」

　畑中から何度も電話が掛かっていたようだ。履歴を見ると、三件もメッセージが残っている。

　一件目のメッセージ、昨日の午後七時四十分、――畑中だ。連絡をくれ。

　自動車修理工場の社長から、神谷がクビになったことを聞いたのだろう。この時間、新宿の雑踏にいた。

二件目のメッセージ、昨日の午後九時二十分、——畑中だ。何をしているんだ。電話をすぐにくれ。

苛立っているらしい。無理もない。

三件目のメッセージ、今日の午前十時十分、——畑中だ。またクビになりやがって。死ね！　二度と顔を見せるな！

「死ねか。手厳しいな」

苦笑した神谷は立ち上がると、スマートフォンをソファーに投げ置いた。畑中にはこれ以上頼るつもりはなかったが、向こうから縁を切られたようだ。仏の顔も三度までとはよく言ったものだ。

キッチンの棚から重曹を出し、二摘み飲むと、慌ててコップに水を汲んで流し込んだ。

「うえっ！」

いつものようにゲップが持ち上がる。これさえなければいいのだが、良薬口に苦し、苦いだけならまだしもしょっぱいのだ。

スマートフォンが呼び出し音を鳴らした。畑中からの電話に違いない。頼るつもりはないが、一応謝っておいた方がいいだろう。

「神谷だ」

頭を掻きながら、スマートフォンの画面もよく見ないで電話に出た。

——木龍です。昨日お話しした件です。先方の社長と話がつきましたので、御足労願えますか。

スマートフォンから木龍のドスの利いた声が響く。

「ん……？」

神谷は首を傾げながらも、昨日の夜から今朝にかけての断片的な記憶を頭に思い浮かべた。木龍と何か約束していたらしい。

——分かり辛いので待ち合わせ場所は、大久保駅南口前のコンビニの前にしましょう。どれくらいで来られますか？

「……四十分後でどうだ？」

用件を思い出せないが、どうせ暇なのでとりあえず約束してみた。また、飲みに行くのかもしれない。

——それじゃ、五時半にしましょう。

「分かった」

神谷は通話を終えると、脇の臭いを嗅いだ。着替えずに出かけようと思ったが、シャワーを浴びた方が良さそうだ。

午後五時二十八分、紺色の綿のジャケットを着てジーンズを穿いた神谷は、大久保駅で降りた。顔の傷は大きな絆創膏を貼って隠してあるが、少々間抜けな顔になっている。

南口にあるコンビニの前にサングラスを掛けた木龍が立っていた。二人の女子学生が店に入ろうとしたが、木龍を見て方向を変えた。存在するだけで、営業妨害をしているようだ。

昼間サングラスを掛けるのは、素顔を見せて他人を怖がらせないためだと言っていた。それなりに気を配っているつもりらしいが、掛けても掛けなくても変わらないということを誰か教えてやって欲しい。

神谷は軽く手を上げた。

「こちらです」

会釈をした木龍は、腰を低くしたまま神谷の前を通り過ぎ、JRの高架下トンネルに入る。彼と飲みながら過去の話題にも触れた。お互い詳しく話すことはなかったが、木龍が正直に話したので、神谷も警視庁の警察官だったことは教えてある。スカイマーシャルだったことは、SATと同じく退職後も守秘義務があるため話していない。

「会社は駅から、わりと近いんですよ」

木龍は頭を下げて言った。

昨夜、〝辞め警〟と知ってから木龍の態度が慇懃になっている。しかも、神谷の就職先に心当たりがあると言い出したのを「会社」という単語で思い出した。なんでも屋のような会社だが、木龍もよく知らないらしい。ただ、その会社の社長も〝辞め警〟らしく、木龍が若い頃世話になったと聞いている。

木龍は駅の東側の狭い路地を抜けて行く。大久保駅から近いと言っていたので、百人町あたりに会社はあるのだろう。

「ここです」

駅から歩いて数分後、木龍は古い三階建てのビルの前で立ち止まった。

「ここは……」

神谷は、正面に付けられている金属製の看板を見て絶句した。ホテル・エンペラー新宿とあり、玄関の作りからすると、ラブホテルにしか見えないのだ。

「お祭しの通り、以前はラブホテルでしたが、五年前に潰れてしばらくは空き物件でした。二年前に岡村茂雄社長が、買い取ったのです。ホテルの看板は、金属製で撤去するのにお金が掛かるので、そのままにしてあるそうですよ」

木龍は厳つい顔で苦笑した。

「なるほど」

鼻先で笑った神谷は、薄暗いエントランスに入った。

玄関のガラスドアに〝株式会社911代理店〟というプラスチック製の薄っぺらい看板が貼ってある。その下に〝関係者以外、立ち入り禁止〟という張り紙もある。

「ここから先は、お一人で行ってください。社長とは顔見知りですが、ヤクザ者が顔を出すのは憚られます」

木龍は頭を下げ、先に進むように右手を前に出した。

「礼を言う」

頷いた神谷は、ガラスドアを開けた。

6・同九月二十日PM5：30

神谷は、間接照明に照らし出された大理石の床のエントランスに足を踏み入れた。その向こうには右手にラブホテルの名残（なごり）である部屋の写真が並んだ受付パネルがあった。構造上内側のドアは、セキュリティロックされたガラスドアがある。ラブホテル時代にはなかったのだろう。

受付パネルは写真の下にあるボタンを押すと、チェックインするタイプだが、ライトは点灯していない。当時は、一階に三部屋、二階と三階には五部屋ずつ、計十三部屋で営業していたようだ。

かつて百人町にはラブホテルや連れ込み旅館が沢山（たくさん）あったが、多くが廃業するか、ビジネスホテルに業態を変えるなどしている。長引く不況でホテル・エンペラー新宿のオーナーは、業態を変える資金力もなく、廃業を余儀なくされたのだろう。

受付パネルの下にある大理石の台の上に内線電話が置かれている。

神谷は内線電話の受話器を取り、後ろに立てかけてある内線リストを見た。

〝02・鍵のご相談〟、〝03・セキュリティのご相談〟、〝04・クレーマーのご相談〟、〝05・その他のご相談〟と四つの番号だけで、受付はもちろん、社長室や総務部など普通の会社ならありそうな部署の番号はない。〝01〟が抜けているのは、関係者専用の内線番号だからなのだろう。仕方なくテンキーで05と押してみた。

——どういったご相談ですか？

録音かと思ったが、若い女性の肉声である。

「神谷隼人と申します。社長の岡村茂雄さんに取り次いでいただけますか？」

——少々、お待ちください。

テンポが遅く、のんびりとした口調である。

——社長が、お会いになるそうです。エレベーターで三階まで行ってください。それから、廊下を左に行って突き当たりまで進むと、ドアに社長室と書かれた部屋があります。分からなかったら、各階のエレベーターの近くにも内線電話があるので、また電話してくださいね。

「三階の廊下の左の突き当たりの部屋ですね。ありがとう」

神谷は早口で復唱すると、受話器を置いた。馬鹿丁寧な女性ののんびりとした口調に、苛立ちを覚えたのだ。

セキュリティは解除されたらしく、内側のガラスドアが自動で開いた。

女性の指示通り、エレベーターを三階で下りた。一階と同じく、頼りない間接照明のため足元が暗い。まるでテーマパークのお化け屋敷である。節電にはなるだろうが、セックスが目当てのカップルならともかく、仕事をする環境とは言い難い。

神谷は廊下の突き当たりの部屋をノックした。

「どうぞ」

低い男の声である。

「失礼します」

神谷は一礼して、部屋に入った。

四十平米ほどの広さがあり、岡村は部屋の左手にある大きな執務机の向こうに座っている。部屋はパーティションで仕切られていた。おそらくラブホテル時代にあったベッドを隠してあるのだろう。

「木龍さんからご紹介を受けた神谷隼人です。よろしくお願いします」

神谷は踵を付けて姿勢を正すと、頭を下げた。社長が元警察官なら先輩と言えなくもない。いつもより、自ずと腰は低くなる。

「木龍は、若い頃から目を掛けている男でね。ヤクザだが、あいつは見所がある。彼の紹介ということで、急遽面接することにしたんだよ」

岡村は執務机の前に置かれている木製の椅子に座るように、左手を伸ばして促した。年齢は六十代前半、目付きの鋭い男で、顔つきはブルドッグに似ている。木龍から岡村は本庁の元警察官だと聞いたが、捜査一課か、あるいは暴力団を取り締まる組織犯罪対策部出身に違いない。

「ありがとうございます」

頷いた神谷は、椅子に腰を下ろした。

「木龍から聞いていると思うが、私は警視庁にいたが、今から四年前に退職している。定年を迎える前に自分で会社を始めたかったんだ。君も警視庁出身だったと聞いたが、庁舎ですれ違っていたかもしれないね」

岡村はポケットから電子タバコを出し、口に咥えた。ケースにドクターベイプと英語で記されている。

「そうかもしれませんね。それで、どんな会社なんですか？　何でも屋と聞きましたが？」

神谷は出自を詳しく話せないので、適当に返事をして岡村の目を見据えた。

「何でも屋か。まあ、近いな。簡単にいえば緊急事態に対処するサービスなんだよ。例えば、玄関の鍵が壊れたと連絡があれば、どこにでも駆けつけて修理する。お客様に代わって悪どいクレーマーに対応する。といったことから、予防措置になるが、防犯対策のアドバイスをして資産を守るなど、リスクマネジメントまで様々だ。これでも社会に貢献しており、それを社の方針としている」

岡村は低い声で笑うと、電子タバコを吸って、ハッカ臭い水蒸気を吐き出した。

「だから、頭に９１１を付けたんですか」

神谷は納得した。米国は日本と違い、警察、消防、救急車の区別はなく、すべて９１１の番号に電話を掛ける。緊急のコールセンターで必要な処置を決定するのだ。

「君も元警察官なら分かると思うが、一般人が緊急事態に冷静に対処して、警察や救急車を呼べると思うのは間違いだ。判断はプロが行うべきだと私は考える。我々は、困った客の要望を判断して行動する会社なのだよ。911を付ければなんとなく意味は通じると思った。その証拠に客に説明すると、大抵は納得してくれる。それに会社の電話番号の下三桁にも使っているから、覚えやすいんだ。お客さんも、社名を略して911と呼んでいるよ」

岡村は自慢げに言うと、また水蒸気を口から吐き出す。

「私は、電気屋で電化製品の修理をしたり、車の修理工場で働いていたこともあります。メカには強いですが、役に立ちますか？」

神谷は仕事の内容を聞いて頷いた。SATやスカイマーシャルでは様々な対テロ訓練があり、その中で爆弾解除のための電子回路技術をはじめ、自動車などの解体や修理も学んでいる。

「もちろん役に立つだろう。社員と一緒に働いて実際に仕事を覚えて欲しい。お互い相性もある。厳しいことを言うようだが、一ヶ月の試用期間を設けさせてくれ。試用期間中は、手取りで十八万円と交通費は支給する。本採用になれば、それを基本給として手当てやボーナスも払うつもりだ」

「了解しました」

神谷は笑顔で承諾(しょうだく)した。すぐに雇うと言われたらかえって戸惑(とまど)う。試用期間を設けられた方がこちらとしても気が楽である。

「取りあえず、各部署の担当者を紹介する」

頷いた岡村は、内線電話の受話器を取った。

「全員、私の部屋に集合してくれ」

電話で指示をすると、岡村は電子タバコを専用のケースに仕舞った。

「基本的に、会社に常駐するのは、私もいれて五人。そのうちで、篠崎沙羅という事務の仕事をしている社員が唯一の女性だ。篠崎君は普段はおっとりとしていてのんびり屋だが、ちょっと敏感な性格でね。彼女の瞳を覗き込むような真似はしないでくれ。パニックを起こすことがある。それから彼女の前で煙草の煙は、電子タバコでもだめなんだ」

岡村は首を竦めて見せた。おそらく彼女は、パニック症なのだろう。

ドアがノックされて眼鏡を掛けた三人の男が入ってきた。不思議と彼らの眼鏡は、遠近どちらかは分からないが、同じデザインである。彼らから遅れて、長袖の白いTシャツにジーンズを穿いた若い女性が現れた。彼女が沙羅らしい。身長は一六二、三センチ、二十代前半、スレンダーな美人である。表情を見る限り、気弱な感じがする。彼女が先ほど内線に出た女性なのだろう。四人は、出入口を背に並んで立った。

「彼は、神谷隼人、元警察官だ。試用期間の後に、彼を採用するつもりだ」

岡村は上機嫌で紹介した。一瞬だが、三人の男たちは、「警察官」という単語に頬や眉をぴくりと上げるなどの反応を示した。どこの世界でも、警察官を快く思わない者はいるものだ。

「神谷隼人です。元警察官といっても、少々、ブランクがあります。お手柔らかに」

神谷は気にせずに椅子から立ち上がって頭を下げた。

「みんな、自己紹介をしてくれ」

岡村は顎を振って彼らに促した。

「僕から行きますか。貝田雅信(まさのぶ)、鍵の専門家です。自宅の鍵をなくすようなことがあったら、いつでも呼んでください。よろしくお願いします」

右端に立つ貝田は、笑顔で丁寧にお辞儀をした。年齢は三十代前半、身長は一七二、三センチ、ブルーのつなぎの作業服を着ている。太り気味で丸い顔をしているせいか、人の好さそうな雰囲気で第一印象は悪くない。だが、なぜか違和感を覚える。

神谷も頭を下げながらも、相手に気付かれないようにしっかりと見た。スカイマーシャルは、テロリストを見出すために航空機に同乗した乗客を一人ずつ観察する。その習慣がまだ残っているのだ。

「外山俊介(しゅんすけ)、セキュリティの専門家です。企業や銀行などのセキュリティの安全性を確認して、アドバイスをする仕事をしています」

外山は軽く頭を下げた。年齢は三十代半ば。身長は一七五、六センチ痩せ型。引き締まった体をしており、身軽な感じがする。眼鏡を掛けていても、眼光の鋭さが分かる。油断のならない男だ。

「私は、尾形四郎(しろう)です。クレーマー対策のアドバイザーをしています。世の中、クレーマーだらけですので、忙しいですよ」

　尾形は笑みを浮かべ、淀みなく言った。眉が太く、目が大きい特徴的な顔をしている。どんなクレーマーにもたじろがない意志の強さを感じるが、一癖も二癖もありそうである。身長は一六八センチほど、年齢は四十代半ばだろう。

　神谷は視線を沙羅に移した。なぜか彼女の目が気になり、引き寄せられるように見つめた。神谷と目が合った瞬間、彼女の透き通った茶色の瞳が、突然黒くなった。瞳孔が異常に開いたようだ。

「それじゃ、最後に篠崎君、あれっ、……篠崎君、落ち着きたまえ」

　岡村はなぜか慌てて立ち上がり、ポケットから眼鏡を取り出して掛けると、沙羅に近付いた。彼女の表情が固まっている。

「まっ、まずい。沙羅ちゃん」

　隣りに立つ尾形が、沙羅の肩に手を置いた。

「気安く、触るんじゃねえ！」

　沙羅が怒声を上げ、尾形の顎に肘打ちを食らわした。

　鼻血を出した尾形は、ひっくり返って口から泡を吹いている。

「なっ！」

　神谷は彼女の突然の行動にますます目が釘付けになった。

　沙羅は人が変わったように眉を吊り上げ、凶悪な表情になっているのだ。

「神谷くん、彼女と目を合わせちゃ、駄目だ！」

岡村が沙羅と神谷の間に入った。

「どけ、じじい！　おまえ！　さっきから人をじろじろ見やがって！　文句があるのか！」

沙羅は岡村を押し退け、鬼の形相で迫ってきた。

「いや、俺は何も……」

否定しようと両手を前に出した瞬間、沙羅の右ストレートが顎に決まる。

星が飛び、神谷は膝を床に落とした。

鍵のご相談課

1・九月二十一日AM8:20

翌朝、神谷はパーカーにTシャツという軽装で新大久保駅を降りた。

昨日は木龍と大久保駅で待ち合わせをしたが、911代理店に行くには、新大久保駅から行った方が、乗り換えも池袋だけですむので便利だからだ。

岡村から当分の間、貝田と一緒に鍵のサービス部門で働いて欲しいと言われている。それぞれの部署で見習いとして働くことで、仕事を覚えるのが目的らしい。

神谷も新たにスキルが身につくのは自分にとって有益なため、岡村から言われて二つ返事で承諾した。

それにしても、昨日はさんざんな目にあった。顔合わせでいきなり初対面の沙羅から右ストレートを左顎に喰らい、目の前に星が飛んだ。油断していたとはいえ、女性とは思えない強烈なパンチだった。危うく気絶するところだったがなんとか持ち堪えた。しかし、沙羅の異変に気が付き、彼女を止めようとした尾形は、完全に気を失っていた。

沙羅はパニック症かと思っていたが、違うらしい。普段は大人しく、人見知りで誰にも優しい性格だという。だが、極度のストレスを覚えると人格が変わったようになるらしい。かつては多重人格と呼ばれていた解離性同一性障害ではないかと思うのだが、岡村からは周囲が気をつければ問題ないと言われ、特に病名は教えられなかった。初対面の神谷が、まともに彼女と視線を合わせたのが不味（まず）かったようだ。

　また、岡村をはじめ三人の男性が眼鏡（めがね）を掛けていたのは眼光を弱めるためで、沙羅対策だった。このところ、彼女の状態が良かったので、大丈夫だと判断したらしい。社長は神谷にも眼鏡を掛けさせるべきだったと後悔していた。

　細い路地を抜けて会社に着いた。周囲は低層マンションが立ち並ぶ住宅街だ。会社の社屋がラブホテルだった頃、周囲の住民は出入りする客にさぞかし気を使っただろう。

　エントランスに入った神谷は、腕時計で時間を確かめた。午前八時二十六分、会社の始業時間は八時半と聞いている。ポケットから出したカードキーを、カードリーダーにかざしてセキュリティドアを開けた。昨日は顔合わせだけで終わっている。興奮状態になった沙羅を落ち着かせるために神谷を早く帰らせたかったようだ。エントランスのカードキーは、帰り際に岡村から渡された。

　エレベーター前の廊下を右に曲がり、突き当たりの左手のドアをノックした。ドアには二枚のプレートが貼られており、〝鍵のご相談課〟の下に〝鍵技能士アカデミー〟と記されている。

「おはようございます」

ドアが開き、貝田が眠そうな顔でドアを開けた。昨日と同じブルーのつなぎの作業服を着ている。

土曜日なので会社は休みだが、鍵のサービス部門は基本的に年中無休で、鍵をなくした客が夜中でも助けを求めるために二十四時間営業を売りにしているそうだ。その代わり、仕事がない時はいつでも休みらしい。貝田は夜中に客に呼び出されたのかもしれない。

「おはよう。今日はよろしく」

神谷はドア口で軽く頭を下げ、部屋に入った。

「どうぞ、どうぞ」

貝田は欠伸（あくび）をしながら神谷を部屋に招き入れた。緊張感がないというより、寝起きという感じがする。

「ほお」

室内を見回した神谷は、感嘆の声を上げた。岡村の部屋と同じ四十平米ほどだが、パーティションはなく、部屋の左半分に実物大のドアだけの玄関の模型が五つあり、右半分は様々な金庫が並べてある。まるで、ドアと金庫の展示会場のようになっているのだ。

「この部屋はドアと金庫のショールームのようですが、鍵技能士の講習会場も兼ねているんです。この部署は、鍵でお困りのお客様のところに行って対処するのですが、僕以外にも、五人の鍵技能士を使っています。全員僕の教え子で、この部屋で特訓して独り（ひと）立ちできるようにしました。それから、最新式の鍵や金庫の開け方をここで研究しています」

貝田は自慢げに言った。

「確か、プロの鍵屋としての資格を発行している協会があると聞いたことがあるが、ひょっとして専門学校もやっているのかい？」

神谷は〝鍵技能士アカデミー〟というドアのプレートを思い出した。ドイツのような職人の国家資格は日本にはないので、形式上のものなのだろう。

「まあ、僕が教えれば、一流の鍵技能士になれるから、資格なんて関係ないんですけどね。だけど、世の中資格ってうるさいから、僕は日本鍵技能士協会というのを立ち上げていて、僕の下で修業すれば、協会認定の『鍵技能士検定資格』を取得できるようになっていま す」

貝田は真面目な顔で説明した。鍵技能士は五級から一級まであり、その上は初段、二段とまるで武道のような段位を設けているという。二段の上は師範で、他人に技術を教えることができるようになる。だが、それはあくまでも貝田の許可を得なければならないらしい。

また、貝田と同じように完全にフリーの鍵技能士になるには、免許皆伝になる必要があるが、協会を立ち上げて二年なので、五人の鍵技能士はまだ一級の腕前とのことだった。

「他にも協会があるのか？」

彼が独自にシステムを作ったらしいので、疑問が湧いた。

「いくつか協会があり、それぞれ検定試験を行い、資格を与えています。まあ、僕の協会は弱小ですが、他の協会より検定料は安いですよ。その代わり、技術検定はかなり厳しくしています」

貝田はいい辛そうに答えた。何か、曰(いわ)くがあるらしい。

「何故わざわざ自分で立ち上げたんだ？」

単純な疑問である。

「どの協会も前科者は、講習を受けられないんですよ」

貝田はむっとした表情で、口調を荒らげて答えた。

「協会としては、卒業生が空き巣などの犯罪に手を染めたら、犯行を助長したことになる。やむを得ない措置(そち)なのだろう」

神谷は貝田の表情を見ながら言った。あえて聞かなかったが、反応からして彼自身前科があるということなのだろう。神谷が警察官と紹介された際、貝田の反応が気になっていた。真面目(まじめ)そうな人柄の裏に何かあると感じたのは、当たっていたらしい。

「それは当然気を配っていますよ。ただ、前科者は、いくら更生(こうせい)しても世間では認めてはもらえません。だからこそ、手に職を付ける必要があるんです。僕は困っている人を助けたいんですよ。いけませんか？」

貝田はじろりと睨(にら)みつけてきた。抑えていた感情を素直に出したらしい。昨日見た彼の笑顔は作り物かもしれない。

「いや、いいことだと思う。社長も社会貢献が、社の方針だと言っていた。私もその趣旨(しゅし)

に共感したからこそ、世話になろうと思っている」

神谷は大きく首を縦に振って見せた。

ドアがノックされ、トレーを持った沙羅が入ってきた。

「おっ、おはよう」

貝田は慌ててポケットから眼鏡を出すと、神谷に投げ渡した。

「おはようございます」

神谷は眼鏡を受け取り、急いで掛けた。

「はじめまして、事務をしている篠崎沙羅と申します。昨日の顔合わせに私は出ていなかったので、遅ればせながらご挨拶させてください」

沙羅はトレーのコーヒーカップを、部屋の中央に置いてあるテーブルに載せた。前回と違い、可愛らしい笑顔を浮かべている。神谷らと視線を外しているので、本人もパニックにならないようにしているのだろう。神谷は豹変した沙羅を勝手に〝ブラック沙羅〟と呼んでいるが、今日は平穏な状態らしい。

「そっ、そうだったね。こちらは、神谷さんだよ」

貝田は沙羅を見ないようにしながら言った。

「神谷隼人と申します。今日から、こちらにお世話になります。よろしくお願いします」

神谷もなるべく彼女と視線を合わせないように頭を下げた。

「健康保険やその他の事務手続きを社長から進めるように言われているので、書類をこちらに置いておきます」

沙羅は小脇に挟んでいた角封筒をテーブルに載せると、頭を下げて出て行った。

「ふう」

貝田は大きな息を吐き出し、眼鏡を外した。かなり緊張していたようだ。

「彼女、記憶がないみたいだな」

神谷は渋い表情で首を左右に振った。

「……実は、彼女は多重人格なんですよ。詳しくは知らないのですが、子供の頃、両親から虐待されていたらしく、自分を守るべく、複数の人格ができたみたいです。普段はおとなしいんですけど、ストレスが溜まったり、危険を感じたりした時は、昨日のようになっちゃうんです。玲奈という人格になるようですが、その人格の時に空手を習っていたみたいで、えらく怒りっぽくて腕っ節も強いんですよ。尾形さんは災難でしたね」

「私のせいで迷惑をかけたな。後で謝りに行こうと思っている」

苦笑を浮かべた神谷は、頭を掻いた。顎にパンチを喰らったが、たいした怪我をしたわけではない。

「あれはあなたのせいじゃありませんよ。彼女は最近夜中まで仕事をしていたらしいから、ストレスが溜まっていたんでしょう」

「夜中まで仕事？」

神谷が首を捻ると、貝田は右手で口を押さえた。彼女は秘密の仕事でもしていたのだろうか。

「なっ、なんでもありません。とりあえず、神谷さんには、ここの仕事ができるように、鍵技能士五級の訓練からはじめます」

貝田は急に話題を変えた。分かりやすい男である。

「やる気が湧いてきた。よろしく」

笑みを浮かべた神谷は、両手を擦り合わせた。

2・同九月二十一日PM9：30

新宿ゴールデン街、午後九時半。

歌舞伎町のラーメン二郎で夕飯を済ませた神谷は、昨日に続いて〝プレイバック〟のドアを開けた。

「いらっしゃい。神谷さん、連チャンは珍しいですね」

圭介が目を丸くしている。

「ちょっと引っ掛けてから帰ろうと思ってね」

神谷は昨日と同じ席に座った。入口から三番目の席。ここが一番落ち着けるのだ。会社からは裏道を抜ければ、歩いて十二、三分で来られる。前の職場と違って何かと便利になった。

「今日は、どうしますか？」

圭介はポケットから煙草を出して、火を点けた。客は神谷も含めて四人。この店の常連に禁煙家もいるが、マスターである圭介が煙草を吸うので喫煙を気にする客はいない。

「明日も早いんだ。ビールを貰おうか」

ここのところ酒を飲みすぎた。深酒は当分控えるつもりだ。

帰国してから畑中に紹介された仕事は、運送業、電気屋、それに自動車修理工場と地味だが堅実な会社だった。畑中の紹介ということもあり、給料はどこも悪くなかったのだが、いくら仕事をしても達成感は得られなかった。というか仕事に喜びを感じられないのだ。

だが、今回紹介された会社は、妙にそそられる。仕事の内容は特段変わっているとは思えないが、社長も社員も何か秘密を持っているような気がしてならない。元スカイマーシャルとして鍛えた直感がそう言っている。そこに惹かれるのだろうか。

「それはいいことですね。今度は長続きしそうですか？　まさか、あっちの業界じゃないでしょうね」

圭介は人差し指で右頬を縦になぞって見せた。暴力団関係かと言っているのだ。昨日は朝方まで木龍とこの店で飲んでいたので、彼の紹介で仕事を得たことも知っているらしい。

「それが、まっとうな会社みたいだ」

まだ一日行っただけでは分からない。今日は貝田から鍵技能士の訓練を受けたが、彼の教え方がよく、五級どころか四級の訓練も受けて帰り際に検定試験もこなして合格している。メカに強い神谷にとってピッキング技術を習得することは簡単であった。

貝田は熱心に講習を受ける神谷に、積極的に教えようとする。彼自身解錠する工程が、好きなようだ。鍵を開けるにはまずは理論が必要で、その上で経験が積み重ねられてやがて勘となるらしい。どんな鍵も、解錠する仕組みが分からなければ開けられないのだ。それを徹底的に教えるのが、貝田流らしい。

彼には前科者というプレッシャーが常にあるようだ。だからこそ、人一倍努力して技術を身につけようとする。それを自分の生徒にも徹底して教え込むという。彼の熱い姿勢に共感した。

「神谷さんは、そこで何をされるんですか？」

圭介は普段はプライベートに触れることはない。だが、木龍の紹介した会社だけに興味津々なのだろう。

「さて、まだ丁稚奉公をしているようなものだから分からない。まあ、いろいろな部署を経験させてもらえるらしいから、そのうち決まるだろう」

帰国してから就いた職は、どれも自分で希望したわけではない。だから長続きしなかったのだろう。そういう意味では今回も同じかもしれないが、会社の目的が本当に社会貢献というのなら妥協できるのではと思っている。

入口のドアが軋みながら開いた。

「いらっしゃい」

客に挨拶をした圭介が、神谷に目配せをした。

なにげなく入口を見ると、眉間(みけん)に皺(しわ)を寄せた畑中が立っていた。

「よお」

神谷は右手を軽く上げて挨拶をした。

「何が、よおだ。ちょっと、話がある」

畑中はそのまま出て行った。

「仕方がないか」

神谷は首を振ると、店を出た。

畑中はゴールデン街を出ると、花園(はなぞの)交番前の急な階段を上って行く。

溜息(ためいき)を吐いた神谷は畑中に従って階段を上り切り、鳥居を潜(くぐ)って花園神社の境内(けいだい)に入った。拝殿の階段に十人近い若者のグループが座っている。土曜日の夜ということもあり、いつもより多いようだ。それでも、ゴールデン街よりも人気は少ない。

「受け取れ」

振り返った畑中が、不意に上着のポケットから封筒を取り出し、押しつけてきた。殴(なぐ)られるかと思ったが、現役の刑事だけに思いとどまったのだろう。

「なんだ？」

神谷は封筒を受け取り、肩を竦(すく)めた。封筒に厚みがある。金のようだ。

「小林(こばやし)さんから預かった、今月の二十日までの給料だ。おまえのアパートに現金書留で送るつもりだったらしいが、俺が夕方顔を出した際に預かった」

畑中は冷たい表情で言った。

「給料か、忘れていた」

中身を確認しないで封筒をズボンのポケットに捻じ込んだ。クビになったから、もらえないと思っていた。ドイツの港湾労働者として働いていた際、突然クビになったが、当然のごとく賃金の支払いもなく追い出された。最下層の労働者はどこの世界でも泣き寝入りであるが、日本は違うらしい。

「これから、どうするつもりだ？」

畑中は渋い表情で尋ねてきた。同じセリフをこれまで二度聞いている。

「実は知り合いの紹介で、就職したんだ。これまで、おまえには随分世話になったが、今回は自分でなんとかする。ありがとう」

素直に礼を言った。これまでの畑中の行為には感謝している。

「どこの会社だ？」

畑中は首を捻った。

「911代理店という小さな会社だ」

「何！　岡村茂雄の会社か！」

両眼を見開いた畑中が、声を裏返した。

「知っているのか？」

神谷は右眉を上げた。

「岡村は一課の面汚しだった。知らない奴はいないぞ」

畑中は右手を大きく横に振った。

「……本当か」

眉間に皺を寄せた神谷は、大きな舌打ちをした。

3・九月二十二日AM8：40

翌朝、買い物袋を提げた神谷は、911代理店のエントランスに入った。時刻は、午前八時四十分になっている。

鍵のご相談課は年中無休のため、日曜日でも営業している。新人の神谷は、日月は休むように社長の岡村から言われていたのだが、あえて出社したのだ。

「ふーむ」

カードキーを手にした神谷は、溜息を吐いた。

昨夜、畑中と会った際に911代理店に入ったことを教えると、彼から聞き捨てならぬ話を耳にした。岡村からは、定年前に辞職したと聞いていたのだが、彼は捜査一課で不正を働き、その責任を取らされて辞任したというのだ。

また、911代理店は仮釈放中の者を雇って社員にしているという。貝田が前科者であることはそれとなく察していたが、外山と尾形もそれぞれ前科があるらしい。しかも、岡村は彼らを使って裏で悪事を働いているという噂もあるため、911代理店は警察からマークされているというのだ。

カードキーでセキュリティドアを開けて奥に進み、一階の〝鍵のご相談課〟のドアをノックした。

「あれっ、今日は休みじゃなかったんですか？」

ドアを開けた貝田は、きょとんとしている。

「家にいても暇だからな。せっかく鍵技能士四級になったんだから、自主トレをしたいんだ。いいだろう？」

神谷はにやりと笑い、買い物袋を渡した。中身はコンビニのカフェラテとドーナッツである。９１１代理店では鍵の専門職を鍵技能士と呼ぶが、協会によっては〝鍵師〟とか〝鍵屋〟など呼び方が違うそうだ。

「ありがたい。コーヒーにドーナッツ、大好物です。これ、朝飯にしますよ。自主トレは大歓迎です。どうぞ、どうぞ」

貝田はさっそくドーナッツを頬張り、自分の椅子（いす）に足を組んで座った。昨日と同じ、というか一昨日から同じブルーのつなぎの作業服を着ている。いつでも出動できるように、同じ格好をしているそうだ。外出する際は〝鍵のご相談課〟と刺繍（ししゅう）された作業用のジャケットを上に着ると聞いている。彼はこの部屋の片隅（かたすみ）でいつも寝るらしいので、一年中同じ格好をしているに違いない。

神谷は、形状が違う二本のピッキングツールを選んで借りた。小型のツール箱には、六種類ほどピッキングツールが入っている。鍵の種類によって組み合わせを変えて使うのだ。

「岡村社長とは、付き合いは長いのかい？」

神谷は近くにあるドアの模型の前に立つと、二本のツールをシリンダー錠の鍵穴に差し込んだ。すでに生産を終えているディスクシリンダータイプである。現在普及しているピンシリンダータイプと違って解錠が簡単なのだ。

昨夜、花園神社の境内で、畑中は911代理店に入ったことを咎めたものの、辞めろとは言わなかった。というのも、社員となって911代理店の情報を流せというのだ。神谷はその申し出をその場で断っている。警察の犬になれと言っているのだ。これほど屈辱的なことはない。

だが、もし、911代理店が悪事に加担しているのなら、しっかり法的な手段を取るつもりだ。そのため、当分は毎日出社して情報を集めようと思っている。

「社長との付き合い？　そこそこですね」

貝田はドーナッツを食べながら、気のない返事をした。昨日会ったばかりなので、まだ気を許していないのだろう。事件を追っているわけではないので、ことを急ぐ必要などない。この会社に慣れ、社員にも馴染めば情報は得られるはずだ。

「よし、開いた」

神谷はドアの鍵を開けた。ディスクシリンダータイプは入門編で、この部屋には他のタイプも揃っている。四級鍵技能士の腕前ではまだすべてのタイプを扱うことはできないが、仕組みさえ分かれば、そのうち解錠できるはずだ。

「このタイプは、脆弱なんですよ」

貝田はポケットからクレジットカードを出すと、ドアの隙間に差し込んだ。昨日の講義ではカードは使わなかった。貝田はドアノブを回しながらクレジットカードを押し込み、簡単に鍵を開けた。

「素晴らしい！」

神谷は口笛を吹いた。

「デッドボルト式では、カードは使えないけど、覚えておくといいかもしれません。でも、仕事の時は工具を絶対使ってください。技術を駆使しているとお客さんに思わせないと、代金を請求できません。それに一般の人に真似をされても困りますから」

貝田は涼しい顔で言った。デッドボルトとは、かんぬきの一種でこじ開けや切断などの破壊行為に耐えるための強度がある。

机の上の固定電話が鳴り響く。

「貝田です。……そっちで対応できないのか？　……分かった。場所も近いね。こっちで対処するよ」

貝田は通話を終えると、溜息を吐いた。

「呼び出しか？」

別のドアの前に立っていた神谷は、鍵穴にピッキングツールを差し込みながら尋ねた。

「都内の鍵技能士から、僕に対処して欲しいと連絡がありました。急ぎの仕事らしいんです。一緒に行きますか？」

貝田は立ち上がると、部屋の片隅にあるロッカーの扉を開いた。赤いジャケットが何着も掛けてある。

「もちろん」

神谷はピッキングツールを道具箱に仕舞うと、にやりとした。

4・同九月二十二日AM10：00

大きなバックパックを背負った神谷と貝田は、大久保通りを中野方面に向かって走っていた。バックパックには、道具箱が入っており、かなりの重量である。

二人とも背中や胸元に〝鍵のご相談課〟と刺繍された赤いジャケットを着ていた。出張は会社の営業車を使うが、公共の交通機関を使うこともあるらしい。だが、今回は、徒歩が一番早いと判断したのだ。

鍵技能士に電話を掛けてきたのは大久保通り沿いのマンションの横田という管理人で、依頼主は自宅に入れなくてパニックになっている住人らしい。管理人からは、以前も別件で鍵の修理を依頼されたことがあるそうだ。

「ここです」

スマートフォンの地図アプリを見ながら先に走っていた貝田は、息を切らしながら六階建てのマンション〝フロマージュ新宿〟の前で立ち止まった。

「鍵屋さん！」

マンションのエントランスからグレーの作業着姿の男が、手を振りながら出てきた。

「鍵のご相談課です。お世話になっています」

貝田は丁寧に頭を下げた。

「すみません。六〇五号室です」

横田は急ぎ足でエントランスに入って行く。

「行きますよ」

「……ああ」

貝田に促され、神谷は頷いた。玄関横に交番勤務の警察官が乗る自転車が、二台停められているのだ。嫌な予感がする。

六階でエレベーターを降りると廊下に警察官が二人立っており、その横で住人と思われる女性が泣き喚いている。警察官の一人は三十代半ば、もう一人は二十代半ばと若い。

「陽平、お願いだから、ドアを開けて！」

女性は叫びながら、ドアを叩いている。

「鍵屋さん！　早く！」

神谷らに気が付いた年若い警察官が、駆け寄ってきた。

「どうしたんですか？」

警察官に会釈した貝田は、神妙な顔で尋ねた。

「女性が締め出されてドアが施錠され、開けられないのです。部屋には息子さんがいるのですが、自殺をほのめかしているそうです。管理人さんからの通報で駆けつけましたが、私らにはどうしようもないんですよ」

警察官は困惑の表情で説明した。彼の立場としては、事件事故でもないため、現段階では立ち会うしかないのだ。

「分かりました。お任せください」

貝田は大きく頷き、廊下を小走りに進む。

神谷は歩きながらバックパックを下ろし、中から道具箱を出して貝田に渡した。

「奥さんをお願いします」

貝田は道具箱を受け取ると、神谷に頷いて見せた。女性がドアの前に立ち塞がっているのだ。

「奥さん、これから鍵を開けますので、任せてください」

神谷は女性の肩に手を掛け、移動させた。

「陽平は死ぬと言っています。お願いします」

女性は泣き崩れて床に座り込んだ。

膝立ちになった貝田は、ピッキングツールを鍵穴に差し込んで瞬く間に解錠した。

「おかしい。チェーンロックも見えない」

ドアを開けようとした貝田は、首を捻った。ドアが五、六ミリしか開かないのだ。チェーンロックが掛かっていたとしても、二、三センチは開くはずだ。

「奥さん、部屋の中を見てもいいですか？」

貝田は落ち着いた表情で尋ねた。

「はっ、はい」

女性は頭を上下に振って返事をした。

「内部を見ます」

貝田は警察官らに聞こえるように言うと、道具箱からボアスコープを取り出した。4・3インチモニターの下にハンドルが付いており、本体の先端に直径五ミリ、長さ一メートルのファイバースコープが付いているプロ仕様の機材である。

機種は違うが、神谷も車の修理工場でエンジンルームや車体下から内部を見るために使ったことがあった。スカイマーシャルの爆弾処理の訓練で使ったこともある。

「チェーンロックが針金のようなもので固定されている。これじゃ、開かない」

ファイバースコープをドアの隙間から差し込んだ貝田は、舌打ちをした。

画面を見ると、チェーンロックが弛(ゆる)まないように針金で縛(しば)られているのが分かる。この隙間ではボルトカッターを入れることもできない。

「まっ、まずい！」

ファイバースコープの先端を伸ばして室内に向けた貝田は、声を上げた。

「たっ、大変だ！」

年若い警察官もモニターを覗き込み、叫んだ。

陽平と思われる少年がリビングの床に倒れてぐったりとしており、手首から血が流れているのが映っているのだ。

「これは……」

年上の警察官もモニターを確認すると、無線で救急車の要請をした。

「ここは最上階ですよね。屋上からベランダに侵入できませんか？」

神谷は管理人に尋ねた。

「ロープを使えば出来るかもしれないが、最上階で危ないよ」

管理人は首を振りながら答えた。

「奥さん、部屋へ侵入しますよ。いいですね」

神谷は警察官の手前、女性に尋ねた。

「お願いします。助けてください」

女性は泣きながら答えた。これで警察官立ち会いのもとで、部屋への侵入の許可を得たことになり、住居侵入罪には問われない。

「案内してくれ」

神谷は貝田の道具箱からペンチを取り出すと、管理人の腕を摑んで言った。

「わっ、分かりました」

管理人は頷くと、神谷と一緒に走り出した。

「本官も行きます」

年若い警察官も付いてきた。

非常階段の上にあるドアの鍵を管理人が開けて、鉄製の梯子を上って行く。

神谷と警察官も梯子を上って屋上に出た。

「この下が、六〇五号室です」

管理人が屋上の縁に跪いて言った。

縁から二十センチ下に一・二メートルほどの庇がある。

庇に移って下を覗くと、ベランダの手すりが見える。ベランダの奥行きは、一・四メートルほどで直接飛び降りることはできない。

「ここから降りて、侵入できるんですか?」

警察官は神谷をちらりと見て、頭を掻いている。侵入も難しいが、法的に問題ないか疑問に思っているのだろうか。

ボアカメラのモニターで見る限り、少年は気を失っていた。意識不明者の救護に違法性はない。刑法三十五条で「正当行為」と見なされ、刑法三十七条でも危険を回避する目的である「緊急避難」とされる。

SATでは犯人が立て篭もった建物に突入するための訓練だけでなく、法律の知識も学習した。

「俺なら、行ける。それに法的にも問題ない」

神谷は庇の端に手を掛けてぶら下がると、体を前後に振って六〇五号室のベランダに飛び降りた。この程度のことが出来なければ、スカイマーシャルどころかSATにもなれない。ブランクはあったが、体は覚えているものだ。

「くそっ！」

ベランダのガラス窓を調べた神谷は、舌打ちをした。すべて施錠されているのだ。

「要救護者発見！　施錠されている窓を破り、救出活動に入る！」

神谷は屋上に向かって叫んだ。SAT時代、訓練で何度同じセリフを言ったことだろうか。自然と口から出た。

「よろしくお願いします！」

屋上の警察官が返事をした。

神谷はズボンのポケットにねじ込んでいたペンチを出すと、窓の鍵の近くのガラスを叩き割った。ロックを外して窓を開け、リビングに入る。

「陽平くん、大丈夫か！」

ぐったりとしている陽平に声を掛けたが、反応はない。右手に剃刀（かみそり）を握り、左の手首を切ってかなり出血している。一刻も早く、病院に連れて行かねばならない。

「陽平くん、しっかりするんだ！」

声を掛けながらズボンのベルトを抜き取り、止血するために陽平の上腕部に巻きつけて縛った。手首の傷口は三センチほどあり、周囲にも躊躇（ためら）い傷と思われる痕（あと）が数カ所ある。

神谷は台所にあったタオルで出血部を押さえるように巻きつけると、息を吐いた。これで最低限の救命処置はした。

玄関のチェーンロックを縛り上げている針金をペンチで切断し、ドアを開けた。

貝田と警察官がほっとした顔をしている。

「おい、何をしている！　一階に行って救急車を誘導するんだ！」

廊下に立っていた警察官を怒鳴りつけた。何もできないのなら、現場の交通整理が彼らの仕事なのだ。

「わっ、分かりました」

警察官は慌てて掛け去った。かなり動転しているようだ。

「貝田さん、陽平くんの左手首を握って、体より上に持ち上げてくれ。とりあえず、一階まで運ぼう」

「はっ、はい」

神谷はリビングに戻り、陽平を抱き上げた。

貝田は慌てて神谷の脇に立ち、陽平の手首を持ち上げた。

「一刻を争うぞ」

神谷は貝田とともに部屋を出た。

5・同九月二十二日PM6：50

　午後六時五十分、大久保病院。

　神谷は一階受付窓口で陽平の病室番号を聞き、一般病棟を訪ねた。

　出入口にある佐藤陽平というネームプレートを確認し、病室に入った。四人部屋でそれぞれのベッドは、白いカーテンで仕切られていた。廊下側の二つのベッドは、空いている。

　陽平は窓際のベッドで眠っていた。左手首に包帯を巻き、右手に点滴を打たれている。出血が酷かったので、危なかったそうだ。年齢は十五歳、中学三年生と聞いているが、小柄で華奢な体をしている。抱きかかえたとき、あまりにも軽いので驚いたくらいだ。

　ベッドに近付くと、傍の折り畳み椅子に座っていた母親と目が合った。

「こんばんは」

　神谷は笑みを浮かべて挨拶をした。

「あっ、陽平の母の、佐藤久美と申します。この度はお世話になりました」

　陽平の母親は慌てて立ち上がると、深々と頭を下げた。目の周りが赤く腫れている。泣き疲れたような顔だ。

「とんでもない。当然のことをしただけです。これ、お口に合うかどうか分かりませんが」

　神谷は手に提げていた紙袋を渡した。沙羅に会社の内線電話で、新宿駅の近くにスイーツの店はないかと尋ね、新宿髙島屋の地下の洋菓子店を教えてもらったのだ。一昨日のことがあるので、顔を合わせて尋ねることはしなかった。

殴られるのは平気だが、彼女が別人になることで弊害が出るのを恐れている。解離性同一性障害は周囲の人間が、本人から切り離された別人格が現れないように気を遣うべきだろう。彼女にストレスを与えないように、神谷は少しずつ慣れてもらうつもりだ。

「こんなに親切にしていただき、なんと言っていいのか……」

紙袋を受け取った久美の目から、止めどもなく涙が溢れる。

神谷は陽平を救出した際、リビングに置かれていた彼の走り書きを見ている。「お母さん、ごめんなさい」と書かれていた。自殺を試みたのは、母親と確執があったからではないのだろう。だが、十五歳の多感な少年が自ら命を絶とうとしたのだから、よほどの理由があったに違いない。

「また、顔を出します」

女性の涙は苦手である。神谷は逃げ出すように病室を出た。

病院脇の一方通行の道を、新大久保駅を目指して北に進んだ。狭い路地であるが、酔客やラブホテル目当てのカップルが人目も憚ることなく行き交う。

スマートフォンが鳴った。

画面を見たが、アドレス帳に未登録の電話番号である。

「はい」

相手が分からないので、通話ボタンを押して返事だけした。

――岡村です。もう、家に帰ったのかな？

事務処理をするために、沙羅にはスマートフォンの電話番号を教えておいた。彼女から聞いたのだろう。

「今、新大久保駅に向かっているところですが」

岡村の意図は摑めないが、正直に答えた。

――すまないが、会社に戻ってくれないか。ちょっと相談したいことがあるんだ。

「相談？　ですか？」

神谷は二度首を捻った。立場が上の人間が相談を持ちかけるのは、たいていは悪いことが起きるサインである。

――とにかく顔を出してくれ。

「了解しました。五分後にお伺いします」

神谷は通話を終えてスマートフォンをポケットに入れた。

朝の事件で警察から簡単な事情聴取は受けたが、貝田と一緒に会社に戻り、午後六時までピッキングの練習をしている。貝田もそんな神谷を見て、鍵技能士三級の内容を講義してくれた。だが、岡村は、朝から出張していたために顔を合わせることはなかったのだ。

小さな溜息を吐いた神谷は職安(しょくあん)通りを渡って、繁華街に向かう人混みに逆らって山手(やまのて)線の大ガードを潜り、狭い路地を抜けて会社に辿(たど)り着いた。

通りからエントランスの間接照明が浮かび上がっている。表のガラスドアには社名が書いてあるものの、これではカップルがラブホテルと間違って入ってもおかしくはない。

エレベーターで三階に上がり、社長室のドアをノックした。

「失礼します」

神谷は一礼して部屋に入った。

岡村のデスクの前にある椅子に、貝田が腰掛けている。

「貝田くんから、朝の事件の報告を受けて、警察にも問い合わせをしたところなんだ」

岡村は口をへの字にしている。これから楽しい話をするわけではなさそうだ。

「警察に？」

神谷は首を傾げながら貝田の横の椅子に腰を下ろした。

「〝鍵のご相談課〟の仕事は、確認事項を怠れば法に触れる可能性もある。そこで、貝田くんと君の行動が正しかったか精査した上で、警察に確認したのだ。こちらから働きかけることで、担当した警察官に報告書を正しく書かせる目的もある。今回、もし、住民の承諾を得ていない場合、住居侵入と器物破損の罪に問われていたが、それは問題なかったようだ」

岡村は神谷と貝田を交互に見て言った。

「現場の警察官には、状況を把握させましたから」

本当なら、窓ガラスを割って部屋に侵入するところも、警察官立ち会いの下でやりたかった。結局若い警察官は、屋上からベランダに下りることはなかったのだ。

「私も注意を怠りませんでしたが、神谷さんは流石(さすが)でした。非の打ち所がなかったですよ」

貝田は笑顔で頷いた。

「法的な問題はクリアしたが、ベランダの窓ガラスを破損している。本来なら住民が負担すべきことなのだが、事情を聞くと佐藤さんのお宅は金銭的に余裕がないらしい。そこで、会社として見舞金を出し、全額負担することにした。また貝田くんと神谷くんの出張費も無料にする」

岡村は太っ腹なところを見せた。久美には一切請求しないということだ。

「私も気になっていました。ありがとうございます」

神谷は胸を撫(な)で下ろした。ベランダのガラスは大きいので施工費も入れれば、十万円前後はするだろう。

「篠崎君に頼んで、佐藤さんと連絡を取ろうとしているが電話が通じないらしい。多分、病院の付き添いのため、繋(つな)がらないのだろう。すまないが、神谷くん、明日、佐藤さんに直に会って話をしてきてくれないか」

顧客の電話番号は、仕事を受ける前に聞くことになっている。今回は、聞く暇がなかったので管理人に教えてもらった。

「了解です。朝一番で伺います」

神谷は大きく頷いた。

「それから、もう一つ相談なのだが、君の試用期間を今日で終了するつもりだ」

岡村は鋭い視線を神谷に向けて言った。試用期間は一ヵ月と聞いていた。

「えっ！　というと……」

まさかのクビ宣告か。

「今、君はアパート代にいくら掛けているんだね？」

岡村はいきなり話題を変えてきた。

「月九万円ですが……」

神谷は訳も分からずに答え、助けを求めて貝田を見た。だが、彼はただにやにやするだけである。

「実はこの会社の正社員は、私も含めて全員この元ホテルの一室を仕事部屋兼寝室にしている。君もどうかね？」

岡村は口角を上げて笑った。口の角度がおかしいのか、不気味である。

「天井に鏡が貼ってある部屋や、ベッドが回転する部屋なんかがまだ空いていますよ。僕は自腹でベッドは撤去しましたが」

貝田が妙な補足をした。

「正式採用ということですか？」

神谷は念を押した。

「正式採用するにあたっての相談だよ。強制はしないが、正社員は基本的にここで生活をする。むろんプライベートは尊重するよ。給料は安いかもしれないが、住宅費は掛からない。明日にでも引越しをしたらどうかね」

岡村はデスクから電子タバコを取り出し、煙草本体に使い捨てのカートリッジを取り付けた。

「部屋を見てから決めさせてもらってもいいですか？」

一見ありがたい話だが、頷くには早い。空いている部屋を活用することで、薄給で雇うということなのだろう。同じ建物で生活することで会社の裏情報も得られるはずだが、二つ返事で自分を安売りつもりはないのだ。

「いいとも、きっと気に入るはずだ」

岡村はメンソール系の香りがする水蒸気を吐き出した。

正社員

1・九月二十三日AM7：30

翌日の午前七時半、神谷は出社前に北新宿のマンション〝フロマージュ新宿〟に足を運んだ。

「おはようございます」

神谷は、玄関先の掃除をしていた管理人の横田に挨拶をした。

「おはようございます。昨日はありがとうございました」

手を止めた横田は丁寧に頭を下げた。六十代後半、元サラリーマンでリタイアして管理人として働いているのだろう。人当たりの良い人物である。

「佐藤さんに大事なお知らせがあり、お伺いしたのですが、ご在宅ですか？」

家を出る際に久美に電話をかけたのだが、通じなかった。

「朝早く、病院に行かれました。陽平くんは、今日の午後には退院できそうだと、佐藤さんは仰っていましたよ。ご用件なら、私がお伝えしましょうか？」

横田は浮かない表情で言った。神谷が請求書でも持ってきたと思っているのだろう。

「うちの会社では、お見舞金を出すなど、おふたりの助けになるようにしたいと思っております」

神谷は破損した窓ガラスの修理代を見舞金として支払うことを説明した。

「本当ですか！ いまどきそんな奇特な会社があるんですか。ガラスの修理代は八万円ほど掛かりますよ。大きな声では言えませんが、佐藤さんには、きつい出費だと私は心配していました」

笑顔になった横田は、首を横に何度も振った。やはり佐藤親子のことを心配していたようだ。

「金銭的にお困りなんですね。差し支えのない範囲で構いませんので、佐藤さんのご家庭の事情を教えていただけませんか？ 何か、お役に立てるかもしれませんよ」

神谷は相槌を打って横田に話の続きを促した。

「玄関先ではなんですから、こちらに」

横田は掃除道具を手に、管理人室に入って行った。

一畳半ほどのスペースだが横田は折り畳み椅子を二脚出し、自分も腰掛けた。

「恐れ入ります」

神谷は横田の前に膝を突き合わせるように座った。

「実は、亡くなったご主人が残した借金で、大変なことになっているんですよ」

横田は声を潜めて話し始めた。

久美の夫の勝己は証券会社に勤務し、彼女も進学塾で講師を務めていたために収入は安定していた。だが、三年前に勝己が肝臓癌を患い退社したことで、一家の運命はがらりと変わったそうだ。

治療費が嵩んで生活が苦しくなったにもかかわらず、人生を悲観した勝己はギャンブルにふけった。新宿のクラブだったというが、恐らく違法賭博だろう。たった半年で退職金を使い果たし、サラ金にまで手を出して借金を雪だるま式に増やした。あげくの果てに癌がステージ4になったことを知ると、遺書も残さずに車に排気ガスを引き込んで自殺したそうだ。

勝己の死後も借金の取り立て屋が久美の勤める進学塾にまで顔を出し、塾を辞めざるを得なくなった。横田は事情を知っているだけに、勝己が死んだときはほっとしたそうだ。久美は今は近所のスーパーのパートとコンビニのバイトを掛け持ちして借金返済をしているという。

「借金は、まだ返せそうもないのですか？」

「さすがに借金取りは、もう来なくなりましたが、利息を払うのが精一杯みたいですよ。陽平くんは機能性胃腸症と診断されたそうです。優しくて良い子だけに、母親の苦労がストレスになっているんじゃないかと思いますよ。私もあの親子が心配で、声を掛けては事情を聞くのですが、何もしてあげられません」

横田は肩を落とした。

「確か機能性胃腸症はストレスが原因の胃腸障害ですよね。それで痩せているのか。成長期だけに胃腸の病気は辛いな。ひょっとして、優しい性格と華奢な体のせいで、学校でいじめに遭っている可能性はありませんか？」

神谷は、陽平の遺書ともいえる走り書きを思い出した。震えるような字であった。あの短い文章に彼の悲しみと苦しみが凝縮されていると思うと、いたたまれない。

「学校のことまでは分かりませんが、自殺を試みた理由は、たぶん、そんなところだと思いますよ。陽平くんは、お母さん思いの子ですし、この二年半、親子で支え合っていましたから」

横田は大きな溜息を吐いた。

「うーむ」

事情を聞いた神谷は、言い知れぬ怒りを覚えた。だが、借金を作った勝己はとうに死んでいるため文句も言えない。

横田に礼を言って、とりあえず病院に向かった。

「おはようございます」

病室を訪ねた神谷は、佐藤親子に笑顔で挨拶をした。

「神谷さん、おはようございます。昨日はありがとうございました」

久美は頭を下げたが、陽平は首を捻っている。考えてみれば、彼とは初対面のようなものだ。久美は昨夜と違って落ち着いたらしい。年齢は三十代半ばだろうか。昨日は泣き腫らしていたために、四十代前半だと思っていたが、もっと若いようだ。

「陽平くん、ちょっとお母さんとお話ししてもいいかな？」

神谷が問いかけると、陽平は黙って頷(うなず)いた。

「差し出がましいようですが、当社からお見舞金を差し上げようと思っております」

廊下に久美を連れ出した神谷は、窓の修繕費の件を説明した。

「……大変ありがたいお話ですが、お断りします」

しばらく考えた末、久美は首を横に振った。

「何故ですか？」

神谷は驚きを隠せなかった。これほどいい話を断られるとは、夢にも思っていなかったからだ。

「陽平を救い出してくれた神谷さんは、信用しています。でも、あなたの会社まで信用する自信はないのです。お気持ちだけ、いただきます。ありがとうございました。私、これから、コンビニのバイトに行きますので、失礼します」

久美は一礼すると、廊下を小走りに去って行く。下心があると思われたのだろうか。それとも哀(あわ)れみや同情は受けない、ということなのだろうか。

「参ったな」

神谷は額に手をやり、エレベーターに乗る久美を見送った。

2・同九月二十三日AM8：35

午前八時三十五分、株式会社911代理店。

神谷は始業時間と共に社長室を訪ねていた。

部屋にはトイレも風呂もあり、パーティションの向こうにはダブルベッドもある。普通のマンションと違うのは、台所がないことだろう。ちなみにラブホテル時代に窓を塞いでいたベニヤ板は取り払われ、カーテンが掛けられて隙間から朝日が差し込んでいる。

神谷からの報告を聞いた岡村は机の引き出しから電子タバコのケースを出すと、カートリッジを本体に差し込んで口に咥えた。電子タバコは彼にとって会話の必需品らしい。

「見舞金を断られましたか」

岡村は電子タバコをゆっくりと噛みしめるように吸い込んだ。

「事情はあるのでしょうが、残念です」

神谷はいつものように岡村のデスク前の椅子に座っていた。

「彼女の心の闇がそれだけ深いということだろうね。ご主人だけでなく、何度も人に騙されて人間不信に陥っているのだろう。見舞金を出すことで、それが善意に解釈されると思っていた私の驕りでもあった。かえって、彼女の心を踏みにじることをしたようだ」

岡村は首を垂れ、タバコの水蒸気を吐き出した。彼なりにショックだったらしい。

「なるほど……」

神谷は小さく頷いたものの、岡村の態度に内心首を捻っていた。不祥事が原因で警視庁を辞職した悪徳警官と、畑中から聞いていたからだ。

「それで、君はどうしたいんだね？」

岡村は天井を仰ぎながら尋ねた。

「このまま見過ごすことはできません。彼女の借金を詳しく調べることはできませんか？制限利率を超える利息で過払い金が発生している可能性もあると思うんです」

神谷は引き下がるつもりはなかった。

「同感だ。いつもお願いしている弁護士さんに調べてもらおう。それから、借金を作った経緯も調べるべきだと思う。君は、警視庁のどこの部署にいたんだね？」

岡村は神谷の瞳を覗き込むように鋭い視線を向けてきた。まるで尋問でもされているような気になる。

「警備部でした」

神谷が答えられる範囲はここまでである。

「警備部だって色々ある。私も元警察官だ。口は堅い。話してもいいんじゃないのか」

岡村は口元だけ緩めた。

「いや、それが……」

相手が元本庁の刑事だけに嘘を言えばすぐに分かるだろう。それだけに口籠ってしまうのだ。

「警備部で所属を明かさない者は、SATか空港テロ対処部隊だけだろう。もっとも守秘義務がうるさかった警護課でも最近は、OBがテレビに出演したりしている」

神谷は両眼を見開いた。

警護課とはSP（セキュリティポリス）のことで、政界や外国の要人の警護などを担当している。

「やはりそうか。SATと空港テロ対処部隊はどちらも特殊部隊だけに退職後も守秘義務があるらしいが、出自を言わないのは、真面目過ぎるんだ。SAT出身者で、それを売りにしてセキュリティコンサルタントをしている男を知っているぞ」

岡村は腕組みをした。

「はあ、すみません」

神谷は気の抜けた返事をした。どう答えたらいいか分からなかったのだ。辞職した理由は、恋人を目の前で失ったショックと彼女を救い出せなかった自責の念が直接の原因である。警察に恨みがない以上、守秘義務は守るつもりだ。

「言いたくないのなら、仕方がないな。厳しい訓練に明け暮れ、狙撃や格闘技は超が付く一流であることは間違いないだろう。だが、捜査経験は浅いよな」

「交番勤務時代に殺人事件の捜査に駆り出されて、管内のパトロールをしたぐらいですね」

神谷は素直に認めた。通常のパトロールと違って聞き込みをすることもあったが、捜査の手伝いに過ぎない。

「捜査の基本は、警察学校の座学でも習ったのだから、あとは経験するだけだ。難しく考えることはない。亡くなった佐藤さんが、どうやって借金を作り、どこから金を借りたかを調べてくれないか？」

岡村は淡白に言った。元刑事にとってその程度の捜査は簡単ということなのだろう。

「私が提案したのにこう言うのも何ですが、私が調べなくても、その道のプロにお願いしてはどうでしょうか」

神谷は質問で返した。

「捜査を経験することで、君を訓練したいのだよ。困った人を助けるのが、当社の目的ということは話したと思う。クレーマー処理や防犯対策にせよ、その過程で捜査が必要になる時もあるんだよ。たまに私立探偵のような仕事を受けることもある。これまでは私がしていたんだが、一人では手が回らない。君が優秀な捜査員になってくれれば、言うことはないんだ」

岡村はそういうと、デスクの引き出しからクリアファイルを出して渡してきた。新聞の切り抜きが挟み込まれている
「これは……」

神谷は絶句した。小さな記事だが、二〇一六年八月六日に佐藤勝己が車の中で練炭を燃やして一酸化炭素中毒で死亡し、自殺したというものだ。

「気になって調べておいた。当時の担当刑事にも人を介して聞いたが、不審な点があったそうだ」

「不審な点？」

「練炭を燃やしたはずなのに、火を点ける道具が車内に残されていなかったそうだ。だが、他殺を疑う証拠もないため、自殺として処理されたらしい」

「不審死ということですか」

神谷は腕を組んで唸った。

「私なら、再捜査をする。もっとも、それができるのは、自由な立場の911代理店だけだ。捜査は君に任せるよ」

岡村は神谷を見て何度も首を縦に振った。

「ありがたいお言葉ですが、元警察官というだけで、捜査に関しては素人と変わりませんから」

謙遜ではなく、事実である。自分を脚色して他人に取り入るつもりはない。

「捜査は場数だよ。それに情報だ。刑事なら誰でもしていることだが、私は現役時代から何人もの情報屋を使っていた。彼らとは今も付き合いがある。紹介するから、彼らを使うといい」

岡村はポンとデスクを叩いた。

「そこまで、仰るのなら、努力してみます」

神谷はようやく頷いた。岡村から本当に期待されているのかは、分からない。だが、自分にスキルがつくのなら損ではないはずだ。

「それじゃ、とりあえず、電話番号を教えておこうか」

岡村は、内線電話の脇に置いてあるメモ帳にボールペンで走り書きをして渡してきた。

「えっ！　この木龍って、あの木龍ですか？」

神谷は思わず声を上げた。メモ帳には木龍景樹と携帯電話の電話番号が記されているのだ。

「ああ、そうだよ。彼は優秀な情報屋だ。下手な刑事より、何倍も役に立つ。事情を話せば、協力してくれるだろう。すぐに取りかかってくれ」

岡村は鼻を鳴らして笑った。神谷は察しが悪いと思ったらしい。確かに暴力団の幹部との付き合いは、理由があって然るべきだ。若い頃から目をかけていたということは、ずいぶん昔から情報屋にしていたのかもしれない。

「分かりました」

神谷は大きく頷くと、部屋を後にした。

3・同九月二十三日PM7：49

午後七時四十九分、中野坂上駅で東京メトロ丸ノ内線を降りた神谷は、スマートフォンを手に青梅街道を西に向かった。地図アプリを見ているのだ。四十に手が届くというのに、正直言って都内の道は未だに不案内である。

　大学時代は貧乏学生だったため、土日の休みもあまり出歩かなかった。警察官になってから交番勤務になり、管区である大田区の地理は路地裏まで覚えたものだが、大田区に限ってのことだ。

　交番勤務を二年終了したところで、昇級試験を受けて巡査から巡査部長になった。同時に希望していた機動隊へ転属になる。最終的な目的はＳＡＴの隊員になることで、そのためには機動隊に転属する必要があったのだ。

　子供の頃、母親に連れられてロンドンの繁華街で買い物していた際、不審な荷物があるということで一帯が封鎖された。その際、対テロの特殊部隊が出動し、神谷は重武装した警察官の姿にを未だに覚えている。

　母親は酷く怯えていたが、神谷は近くにいた隊員に「おじさんたちは、何をしているの？」と話しかけた。すると、隊員は神谷に向かって「我々の使命は市民を守ることだが、君はお母さんを守るように。正義を果たすのは、我々だけじゃないんだよ」と優しく命じ、ウインクして見せた。以来神谷は警察の特殊部隊になることを夢見、大人になってもそれはぶれなかったのだ。

　機動隊員として日々厳しい訓練に耐え、三年後にはＳＡＴの試験にもパスした。休日に新宿や渋谷の繁華街に繰り出すこともあったが、それでも普通の社会人ほどではない。ＳＡＴに転属後はさらに厳しい訓練を経験して二年が過ぎた頃、神谷が多言語の会話が出来ることを知った上司から、スカイマーシャルの試験を受けるように極秘に命じられた。二〇一二年、スカイマーシャルの採用試験にも合格し、空港テロ対処予備部隊に入った。これまでのSATと同じような対テロ訓練だけでなく航空機の知識を学ぶなど、寝る暇もない二年間過ごしている。

というのも、当時スカイマーシャル制度を採用し、空港テロ対処部隊があったのは大きな国際空港がある千葉県警と大阪府警だけで警視庁にはなかった。だが、羽田空港が国際空港として発展する計画があったため、警視庁でも極秘に空港テロ対処部隊を発足させるための準備を進めていたのだ。

二〇一四年三月末に羽田空港の国際線の発着枠が予定通り拡充がされ、それに合わせて警視庁は同年の四月一日に警視庁東京国際空港テロ対処部隊を発足させた。同時に神谷はスカイマーシャルとして二年間の訓練を終えて同部隊に配属されている。

配属された同期はいずれも年齢が上で、神谷よりも警察官として経験を積んでいる者ばかりだった。やはり、神谷は多言語話者ということで、特別な存在だったらしい。

警察官としての思い出は、軍隊のように厳しい訓練に明け暮れた日々だろう。スカイマーシャルだったのは二年間の訓練を除けば実質一年半ほどの短い期間ということもあるが、ソフィの死と直接繋がるために意識的に思い出さないようにしている。

「まだ先か」

スマートフォンの地図アプリを確認し、宝仙寺の参道を渡りながら呟いた。

「この通りだな」

首を傾げながらも、宝仙寺交差点から三百メートルほど先の路地に曲がった。右手は五階建てのマンション、左手は古いアパートといきなり住宅街である。この先に居酒屋があるとは思えない。

木龍と連絡を取ったところ、中野区中央にある居酒屋を指定された。新宿では敵対する組織だけでなく、同じ組の手下の目もあり、情報屋としての姿を見られるのを避けたいらしい。

小さな一戸建てが続き、古い飲食店もちらほら見えてきた。むかしは商店街だったのだろう。長引く不況に耐えられず、いつしかシャッター街となり、潰れた店は小綺麗な一戸建てに変わったようだ。

「ここか」

神谷は〝居酒屋・天城峠〟という看板がある店の暖簾を潜った。

「いらっしゃい！」

頭に捻り鉢巻きをした板前の威勢のいい声に迎えられた。

寿司屋のような冷蔵ガラスケースがあるカウンター席と、その後ろに四人がけのテーブル席が二つある。カウンター席には三人の常連らしき客はいるが、木龍の姿はない。

「待ち合わせをしているんだ」

店内を見回した神谷は、カウンターの店主と思しき板前に尋ねた。

「木龍さんの連れ?」

「ああ、そうだ」

「奥の座敷です」

「大丈夫。自分で行くよ」

店主がカウンターを出ようとしたので、神谷は手を上げて店の奥へと進んだ。廊下の途中に暖簾があり、その奥に小上がりの座敷があった。八畳ほどで清潔感がある和室だ。

「さすが、時間通りですね」

胡座をかいていた木龍は、頭を下げると正座になった。午後八時ちょうどである。

「わざわざすまない」

神谷も座敷に上がり、会釈した。

「とんでもない。こちらこそ、駅から離れた場所を指定し、申し訳ございませんでした。911に正式に採用されたと聞きました。おめでとうございます」

木龍は右手を左右に振った。いつもと違って、紺色の綿のジャケットを着ているので、顔つきも柔らかく感じる。とはいえ、一般人とは明らかに違う風貌は隠しようがない。

「改めて礼を言わなければならない。ありがとう」

神谷は座敷に上がると木龍の向かいに正座し、畳に手を突いた。

「なっ、何をおっしゃいます。お顔をあげてください。極道に頭なんか下げるもんじゃありませんよ」

木龍は慌てて神谷の肩に手を掛けた。

「これからも世話になりそうだ。今日の支払いは俺に任せてくれ。とりあえず、生を頼もうか？」

神谷は卓上チャイムのボタンを押した。

「……今日はご馳走になります。料理はお任せで出てきます。その方がおいしい物が出てくるんですよ」

恐縮した木龍は神谷に上座を勧め、自分は通路側に座った。割り勘か、彼が奢るつもりだったのかもしれない。神谷の懐具合が寂しいのを知っているからだろう。

「お飲み物ですか？」

エプロン姿の若い女性が、注文を取りにきた。バイトの高校生なのだろう、髪を後ろで縛り、ジーンズにTシャツを着ている。化粧っ気がなく、日に焼けている。スポーツ選手なのかもしれない。

「瑠美ちゃん、生、二つね」

木龍は右手の指を二本立て、女の子に見たこともない笑顔で注文した。

「ここの常連なのか？」

歌舞伎町で恐れられる男の意外な一面を見てしまった神谷は、目を丸くした。

「二十年以上昔の話ですが、この近くに実家があったんです。ここの親父さんには、ガキの頃随分と世話になりました。瑠美ちゃんは、三人姉妹の末っ子で親父さんのお孫さんなんですよ」

木龍は楽しそうに答えた。

「近所に実家があったのか」

「ええ、まあ」

何気なく聞いたのだが、木龍の顔が暗くなった。

「すまない。プライバシーに触れるつもりはない。俺も家族のことはあまり聞かれたくないからな」

神谷は頭を掻いて軽く笑った。高校一年生のときに父親は海外支社から本社勤務に変わっている。だが、海外生活が長かったせいか両親だけでなく神谷自身も日本に溶け込めず、家族はギクシャクした。結局、両親は神谷の大学進学を機に熟年離婚したため、一家は離散している。

神谷はアパートを借りて一人暮らしをはじめ、母親は実家がある北海道に移り住んだ。父親は定年まで東京にいたが、今はマレーシアに移住してのんびりと過ごしているらしい。向こうで再婚したらしいので、日本に帰るつもりもないようだ。

「生、お待ち！」

瑠美が二つの大ジョッキを右手に軽々と持ち、お通しを載せたトレーを左手に現れた。見た目も健康そうだが、馬力があるようだ。

「とりあえず、乾杯しよう」

神谷はジョッキを掲げた。

「改めて、就職おめでとうございます」

木龍はジョッキを当ててきた。

「ありがとう」

神谷はジョッキを傾けて、豪快に飲んだ。元警察官がヤクザの幹部に祝福されている。これが、警察官時代なら大問題になっただろう。当時は規律の中で生きており、堅苦しい生活に慣れていた。

だが、放浪生活をしてみて分かったことは、それは本当の自分ではないということだ。今は精神的に解放された状態にある。木龍と酒を酌み交わしていると、なぜか自由で愉快な気分になるのだ。

「ところで、今日は、別口とお聞きしましたが、詳しく教えてもらえますか?」

木龍はジョッキを空にすると、尋ねてきた。別口とは情報屋のことらしい。

「とりあえず、昨日の一件を説明するよ。俺は、会社の同僚と一緒に北新宿のマンションで自殺を図った中学生をたまたま救助した。その際、俺はベランダから突入したために窓ガラスを割ったのだが、母親は弁償すると言っても受け取ってくれないんだ」

神谷は昨日の事件をかいつまんで教えた。

「その女性は、他人から親切にされることが普段ないのでしょうね。きっと辛い思いばかりしてきたんでしょう。修理代を受け取ったところで、誰にも後ろ指を指されることはないだろうに」

木龍は唸るように言った。

「岡村社長は、それだけ彼女の闇が深いと言っていたよ。俺も、そう思う。問題は、彼女が死んだ夫の借金を未だに抱えているということだ。生活苦で、親子は心身ともに疲弊しているように見える。それが息子さんの自殺未遂の一因になっている可能性もある」

「確かに原因がなくならないうちは、息子さんはまた自殺をしそうですね」

木龍は眉間に皺を寄せた。

「借金に関しては、会社の顧問の弁護士に頼んである。うまくいけば、過払い金が発生していると証明できるかもしれない。それに、借金を作った経緯を調べるように社長から言われたんだ。そこで、あらためて彼女のマンションの管理人さんに聞き込みをしたところ、亡くなった旦那は、新宿のクラブに入り浸りだったらしい。賭博はそこで行われていたようだ」

木龍に丸投げするつもりはない。自分でも聞き込みをするつもりだ。手始めに賭博に関して調べを進める。勝己の不審死の件に踏み込むには、まだ時期尚早と思われた。

「違法賭博ですね」

不愉快そうな顔になった木龍は、舌打ちをした。

「お待ちどお様、木龍さん、その顔、お腹すいたんでしょう」

トレーに料理を載せて入って来た瑠美が陽気に言った。この娘は、泣く子も黙る木龍の職業を知らないに違いない。

刺身の盛り合わせ、金平ごぼう、金目鯛の煮付け、もずく酢、と旨(うま)そうな料理の皿が次々に並べられる。

「それから、オムライス」

最後に瑠美はオムライスを木龍の前に置いた。ケチャップが掛けられた昔ながらのオムライスである。

「ありがとう、瑠美ちゃん」

木龍は、神谷の顔をちらりと見たものの嬉しそうな顔をした。

「この店の名物？」

右眉(まゆ)を吊り上げてオムライスを見た神谷は、思わず尋ねた。お任せ料理にオムライスが、出てくる和食の居酒屋も珍しい。というか、聞いたことがない。

「裏メニューです。『ふわふわ卵』とかいうベショベショのオムレツが載ったのは、私は好きじゃありません。ここのは、ケチャップがたっぷりと使われて具材にしっかり味が付いたチキンライスが、薄焼き卵で包まれていて最高に旨いんですよ。よかったら、注文しますよ」

木龍は、オムライスを饒舌(じょうぜつ)に語った。

「今度来たとき、注文するよ。それにしても、どうして、オムライスなんだ？」

いくらなんでも刺身や煮魚と、オムライスは合わないだろう。

「……ガキの頃から、この店に遊びに来ると、腹を空かしている私を見かねた親父さんがいつもオムライスをご馳走してくれたんですよ。自分の家はしみったれで、食事ができないことが多かったものですから」

一拍置いて木龍は苦笑し、しんみりと言った。オムライスはこの店の特製というよりも、彼にとって特別なメニューらしい。この街には、良くも悪くも思い出がたくさん詰まっているようだ。

「旨そうだ。頂きます」

神谷は湿っぽくなりそうなので、明るく言って箸(はし)を手にする。

「頂きます」

両手を合わせた木龍は、オムレツに丁寧に頭を下げてスプーンを取った。

4・九月二十四日AM9：30

翌朝、神谷はレンタルのワンボックスカーを運転していた。

荷台には、衣類を詰めた段ボール箱や布団などの私物が載せられている。目白台にあるアパートを引き払い、会社の空き部屋に住むことにしたのだ。

アパートの大家に引っ越すと連絡したら、月末の土日は他の部屋の引っ越しと重なるために金曜日までに作業をしてほしいと頼まれた。それならと、午前中は仕事を休み、引っ越しすることにしたのだ。荷物は少ないので、一時間で梱包(こんぽう)している。ソファーとガラステーブルは運ぶのが面倒なので、大家に頼んで粗大ゴミとして破棄することにした。

違法賭博の聞き込みは、木龍と一緒にすることになったのだが、彼の都合がいい時間帯は夜らしいので、どのみち昼間は時間があるのだ。

引っ越し先は、二階の一室に決めてある。岡村と沙羅が三階、貝田、外山、尾形の三人は彼らの担当する部署の事務室を兼ねて一階の部屋を使っていた。

三階の岡村の向かいの部屋は、社食と娯楽室を兼ねた共同スペースに改装されている。また、資料や会社の備品などが置かれた倉庫と呼ばれている部屋も三階にあった。そのため、空き部屋は、三階に一室、二階はフロアーごと使われていないため五部屋、合計六部屋である。

ただし、岡村から三階の空き部屋は、将来的に社用スペースにするつもりだと言われていたので、自ずと二階の部屋を選ぶことになった。

エレベーター前の部屋は二十四平米だが、他の四部屋はいずれも三十六平米の1ルームで三畳ほどの広さがあるガラス張りのシャワールームとトイレは、どの部屋も共通である。天井に鏡が貼ってあるとか、ベッドが丸いとか、壁紙がピンクとか、部屋によって仕様は異なっていた。

岡村は社食兼娯楽室を作るだけでなく、すべての部屋の窓を塞いでいた板を取り除き、エントランスにセキュリティドアを設置した。だが、各部屋の改装に関しては、使用する社員に任せたらしい。

神谷は出来るだけ標準的な仕様である、壁紙が無地のベージュで、四角いダブルベッドの部屋を選んだ。ラブホテル自体は、バブル崩壊後に建てられたらしいので、それほど成金趣味的なところはない。だが、それでも普通のホテルとは違うので、選ぶのにかなり戸惑った。

大久保通りから狭い路地を抜けて大久保駅の東側の通りから一方通行の道に入り、ワンボックスカーを会社の前に停めた。

バックドアを開け、荷物を素早く会社の玄関前に置いた。車が一台やっと通れるという道なので長居はできない。案の定、後ろから軽乗用車がやってきた。

急いで車に乗り込んだ神谷は、少し離れたコインパーキングに車を入れると、走って戻る。会社の唯一の営業車は、二百メートルほど離れた別の通りにある駐車場に停めてあるそうだ。百人町の難点は、一方通行の狭い道が多く、駐車場が少ないことである。

五つの段ボール箱と布団袋をエレベーターに載せていると、廊下を走ってきた貝田が乗り込んできた。

「引っ越しですよね。お手伝いしますよ」

貝田はドアを閉めるボタンを押した。

「それは助かる。ところで、荷物を運ぶところをどこかで見ていたのか？」

神谷は首を捻った。彼の自室がある廊下の右側ではなく、反対の左側から現れた。しかもタイミングよく出てきたので、偶然とは思えない。

「外山さんの部屋に行っていたんです。彼は〝セキュリティのご相談課〟ですので、部屋はセキュリティ機器のショールームになっていて、最新の警備システムが設置してあります。同時にこの会社のセキュリティルームも兼ねているんですよ」

貝田は涼しい顔で答えた。

「外山さんの部屋にひょっとして、監視カメラのモニターがあるのか？」

玄関だけでなく、建物の要所に監視カメラがあることは分かっていた。どこかに監視カメラの映像を記録するサーバーかレコーディングシステムがあるだろうと、漠然と思っていたが、大企業のようなセキュリティルームがあるとは思っていなかった。

「ええ、もちろんですよ。展示されている警備システムで、この建物は管理されています。そういうわけで、外山さんも僕と一緒で、二十四時間勤務しているようなものです。夜九時以降に、当社の社員以外の者が敷地内に侵入すれば、ライトが点滅して警報音もなりますよ」

貝田は苦笑いをした。外山はセキュリティルームにもなっている部屋に、寝泊まりしているようだ。

「警備システムはすごいが、二十四時間勤務だなんて、仕事の奴隷だな」

神谷は首を振った。

「まあ、神谷さんと違って、我々は訳ありですから」

貝田は溜息を漏らした。岡村は前科者の技術者をヘッドハンティングしていると、畑中から聞いている。彼らは岡村の働きかけで、仮釈放中の身分なのだ。厳しい条件を付けられて、安い賃金で働いている可能性はあるのだろう。

「君を非難しているわけじゃないんだ。仕事場と住居が一緒なのは、問題ないのかと思ったんだ。部屋はまだ空いているわけだし」

神谷が疑問に思っているのは、彼らにプライベートと仕事の区別がないことである。

エレベーターが二階に到着した。

神谷が段ボール箱をストッパー代わりにドア横に置くと、貝田は他の荷物を手渡ししてきた。二人で作業すれば、簡単なものである。それに、荷物が少なすぎるということもあった。根無し草の生活が長かったため、すぐに移動できるように荷物は増やさないようにしていたのだ。

「いずれは、別に部屋を借りることも出来るでしょう。それには、もっと業績を伸ばさないと駄目ですね。何号室ですか？」

貝田は段ボール箱を二個重ねて持ち、尋ねてきた。岡村は会社の業績を伸ばすために、貝田らにプレッシャーを掛けているのかもしれない。

「二〇五号室だ」

神谷も段ボール箱を二個抱えて、薄暗い廊下を右に進む。

右手にある二〇五号室の前に荷物を下ろすと、ドアノブの下にあるスリットにカードキーを差し込んだ。先日岡村から預かった一階のセキュリティドアを開けるためのキーだが、沙羅に頼んで二〇五号室の電子キーの解除コードも入れてもらったのだ。彼女は事務の仕事をしていると言っていたが、コンピューターにかなり詳しいらしい。

　神谷はドアを開けて貝田を先に通すと、ドアの下に荷物を置いて閉じないようにした。

「地味な部屋を選びましたね」

　貝田はベッドの手前に段ボール箱を下ろした。

　ベッドは右奥にあるため、スペースにゆとりがある。ラブホテル時代のソファーやテーブルは、古いので撤去したそうだ。難を言えば、カーペットが赤い薔薇(ばら)の柄(がら)で、ベッドは天蓋(てんがい)付き、それに天井からシャンデリアがぶら下がっていることだろう。それらが、妙に悪趣味なのだ。

「シャンデリアを取り外したいんだが、椅子(いす)とか脚立はないか？」

　神谷は天井を見上げて尋ねた。天井高は、二・七メートルほどありそうだ。アンティークなシャンデリアは、蠟燭(ろうそく)の形をした電球が付いている。光量が少ないため、ＬＥＤのシーリングライトに取り替えるつもりだ。

「脚立ならありますが、シャンデリアは嫌いですか？」

　貝田は頭を掻(か)きながらシャンデリアを見ている。

「地震の時、危ないだろう」

　悪趣味とは言わずに、言葉を変えた。貝田とは打ち解けるようになったが、否定的な言葉は避けたのだ。放浪生活で学んだことは、ポジティブに環境を受け入れ、ネガティブな言動を慎むことである。そうすれば他人とのコミュニケーションは円滑になり、金がなくてもなんとか生きていける。

「なるほど、それは考えてなかった。そういう意味では、鏡が天井に貼ってある部屋も危ないですね。シャンデリアは僕が外しますよ。ちょっと、お待ちください」

貝田は部屋から急ぎ足で出て行った。フットワークのいい男である。どんな罪で服役していたか知らないが、完全に更生したのだろう。

神谷がエレベーター前の残りの荷物を部屋に運び込んでいると、貝田は脚立を担ぎ、右手に掃除機を提げて戻ってきた。

「気が利くな、ありがとう。シャンデリアは私が外すよ」

神谷は脚立を立てて上ると、シャンデリアを天井のシーリングソケットから外した。

「倉庫に片付けておきます。脚立を片付けるついでですから」

貝田は右手を伸ばしてきた。

「お言葉に甘えるよ」

神谷は遠慮なく、シャンデリアを貝田に渡した。

「掃除機は、会社の共用です。普段は娯楽室に置いてありますので、そこに戻しておいてください」

脚立を担いだ貝田は、シャンデリアを右手に提げて出て行った。

「さて、まずは掃除からだな」

神谷は掃除機の電源を入れた。

5・同九月二十四日PM7:54

午後七時五十四分、神谷は職安通りの雑踏を抜け、ドン・キホーテがある交差点の横断歩道を渡ってコンビニの前で立ち止まった。

コンビニの出入口前に木龍が立っている。ダークスーツにサングラスを掛け、半径三メートルを人が寄り付かない真空地帯にしていた。彼の出立は夜の街によく似合う。

神谷に気が付いた木龍は、渋い表情で僅かに顎を引いて会釈した。この街で彼は心龍会の若頭としての品格を保たなければならない。昨夜、居酒屋・天城峠で見せた人の好い極道ではいけないのだ。

「喪服にアロハシャツと、言われた通りに着てきたけど、似合うか?」

神谷は首を捻った。木龍に待合せの時間と場所、それに喪服にアロハシャツと服装まで指定されていたのだ。一緒に行動する者が明らかに一般人に見えるのは、やりにくいということなのだろう。

「喪服に派手なネクタイをしても喪服の域を超えませんが、シャツまで変えればそれなりに見えます。神谷さんは、どうみても業界の人間ですよ」

木龍はにやりとした。彼のダークスーツはオーダーで、赤い絹の裏地には彼の名にちなんで見事な龍の刺繍が入っている。ネクタイとシャツは渋いアルマーニで、かなり金が掛かっていそうだ。

「そうか？」

出がけに洗面所の鏡で自分の姿を見たが、いまひとつしっくりこなかった。

「それならば、顔の絆創膏（ばんそうこう）を剝（は）がしてみてはどうですか？」

腕組みをした木龍が神谷の顔を覗き込むように見て言った。彼の手下である健太に負（お）わされた傷はほぼ治っている。だが、傷痕が薄れるまで、絆創膏で隠しておこうと思っていた。

「なるほど」

神谷は左の頰に貼ってある絆創膏を引き剝がした。傷痕は五センチ弱、深くはないので、消毒だけして放ってある。

「これはいい。神谷さんなら、どこの組でも大幹部になれますよ」

木龍は低い声で笑った。

「そこまで言うのなら、世話になるか」

神谷は眉間に皺を寄せ、目を細めた。

「えっ、ほっ、本気ですか」

木龍が声を上げげた。

「嘘だよ。すまないが、案内してくれないか」

神谷は軽く笑った。

「お人が悪い。本気で信じましたよ。こちらです」

木龍もニヤリと笑い、コンビニの前を通り、二つ目の角を曲がる。彼にとってこの界隈は裏庭同然だろう。途中でチンピラ風の二人の男とすれ違った。木龍と分かると、男たちは直立不動の姿勢になり、深々と頭を下げた。後ろを歩く神谷に対しても、顔を見て彼らは慌てて頭を下げる。顔の傷が功を奏したらしい。危うく、吹き出すところだった。

数十メートル先にあるビルの一階の閉じかけたシャッターを潜り、ガラスドアを開けて木龍は入った。シャッターには〝新宿明楽不動産〟と記されている。

木龍には、三年前に歌舞伎町で違法賭博を行っていた店があるか調べて欲しいと頼んでいた。警視庁の畑中に頼む手もあるが、彼は岡村のことをよく思っていないらしいので、しばらく接触するつもりはない。

木龍によれば、違法賭博は警察の手入れが入ると賭場だけでなく、組事務所まで調べられるので旨味はないという。そのため、心龍会では違法賭博に手を出していないらしい。

カウンターがあり、その向こうに五つのデスクが配置してある。一番奥のデスクに五十絡みの男が、座っていた。歌舞伎町の不動産物件は手数料さえ払えば、どこの不動産会社でも扱うことはできる。だが、新宿明楽不動産は、歌舞伎町で古くから営業しており、地元の情報に詳しかった。

「木龍さん、お待ちしておりました」

男は立ち上がって、神谷らにぎこちない笑顔を見せた。木龍だけでなく、神谷も厳つい顔になっている。かなり緊張しているに違いない。

「浜田さん、閉店後にすまないね。電話でお願いした件は、分かりましたか？」

木龍はカウンター前の椅子に座った。

神谷は木龍の後ろに立った。彼の手下という設定である。この不動産屋は木龍の情報源の一つらしい。聞き込みは彼だけでも充分だが、一緒に回ることで情報屋としての手の内を見せてくれるようだ。岡村から捜査は素人ということを聞いているのかもしれない。

「もちろんです。三年前の台帳を調べておきました。過去の情報で、お役に立てますか？」

浜田はカウンターを挟んで木龍の向かいに座り、クリアファイルから書類を出した。暴力団が、過去のデータを参考にするとは何事だと訝っているのだろう。

「我々の業界も、過去に学ぶこともあるんだ。『切った張った』の世界は古いからね」

木龍は大きく頷いた。後ろからなので表情は分からないが、眉間に皺を寄せて浜田を睨みつけているに違いない。

「たっ、確かに、木龍さんは別格ですから」

目を泳がせた浜田は、書類を木龍に渡した。

「三年前に歌舞伎町で裏賭博をしていたのは、さくら通りの〝バー・ニュービクトリア〟と東通りの〝バー・カリビアン〟だけじゃなかったのか。よく調べたな」

書類を見た木龍は、腕を組んで唸った。日本最大の歓楽街である新宿は、複数の暴力団が縄張りを張っている。だが、エリアによる縄張りではなく、ビルや施設ごとに区分されて複雑化しており、フロアごとに違う組織が縄張りにしている雑居ビルさえあった。

心龍会に限らないが、どこの組も他の組織の縄張りの飲食店や風俗店の情報を得る努力をする。他の組織よりも利潤を得るためだが、売れている飲食店や業種を分析することで、みかじめ料の金額や徴収先を決定できるからだ。売り上げのない飲食店に要求しても、反感を買うだけだからである。

暴力団のみかじめ料の徴収は、より巧妙かつ隠密化している。それを都では危惧し、条例の準備をしている。二〇一九年十月一日に改正された東京都暴力団排除条例が施行されることになっていた。

「さすが木龍さん、よくご存じですね。しかし、花道通りの〝アバター・バー〟もそうだったみたいですよ。この手の店は三ヶ月から、長くても一年で警察の手入れが入り、潰れます。あるいはそれを察知して、自分で廃業する店も多いらしいですね。不動産業界でも、家賃の未払いで逃げられてしまうので、警戒しているんですよ」

「店が短命なのは、賭博で負けた客から恨まれて、密告されるからだよ。それで、〝アバター・バー〟はどのビルにあったんですか？　この店は警察の手入れは受けていないようだね。私も知らなかった」

木龍は丁重に尋ねた。それがかえって凄みに感じるのは、彼の貫禄のせいだろう。

「M1高田ビルの三階です」

頭を下げた浜田は、声を潜めた。後ろめたそうにしているのは、不動産会社としての守秘義務を破っているからだろう。

「二〇一六年のＭ１高田ビルの三階か」

眉間に皺を寄せた木龍は、ポケットからＡ６サイズのメモ帳を出した。神谷はメモ帳が見える位置に移動した。ビルの名前と暴力団らしき組織名が小さな字で、びっしりと書き込まれている。木龍は神谷が知っているヤクザとは、一味も二味も違うようだ。

「やはり、徳衛会（とくえいかい）か」

木龍は溜息（ためいき）を吐いた。徳衛会は広島を拠点とする広域暴力団三代目小谷（こたに）会系の組織で、心龍会と敵対する組織の一つである。

「確か、バー・ニュービクトリアとバー・カリビアンも同じでしたね」

浜田は相槌を打った。

「そういうことです。助かりましたよ」

木龍は立ち上がって神谷に目配せをすると、カウンターに封筒をさりげなく置いて店を出た。中身はデパートの商品券である。現金を渡す場合もあるそうだが、それを嫌がる者もいるらしい。彼は情報屋でありながら、その扱い方を教えてくれているのだ。

神谷は無言で浜田に会釈し、木龍に続いた。

６・同九月二十四日ＰＭ１０：５０

午後十時五十分、歌舞伎町二丁目。

神谷は新宿バッティングセンターの4レーンに立ち、金属バットを構えていた。バッティングマシーンはLED映像の左投げ、球速は百十キロに合わせている。

このバッティングセンターは、飲食店が多い歌舞伎町でも朝の四時まで長時間営業していることもあり、人気のスポットである。

LED映像の投手が投球モーションに入り、映像の右の穴からボールが飛び出した。バットを勢いよく振ると、鈍い音を立ててボールは真上に飛んでいく。これまで六十球以上打っているが、空振りこそしないものの打ち上げるかチップかで、ヒット性の当たりはない。神谷はスポーツ万能だが、格闘技ばかりだったので球技は不得意なのだ。

「すげえなあ」

神谷は、一つ離れた百三十キロの2レーンに立つ木龍を見て首を振った。彼はほとんどのボールをヒットさせているだけでなく、ホームランも一本打っている。フォームが様になっており、間違いなく野球経験者だろう。

ボールを打ち尽くした神谷は、マシンのコントローラーにコインを入れるためにバックネットを潜ってレーンの外に出た。

「うん？」

神谷は通路に現れたヤクザ風の男を見て、眉をぴくりと動かした。年齢は四十前後、身長は一七八センチほど、スキンヘッドに口髭を伸ばし、スーツにネクタイと、チンピラとは違う。

「木龍さんよ、相変わらず、いい音を立てているな」

男は2レーンのバックネット越しに木龍に話しかけた。

「久しぶりだな。鬼束さん。運動不足でね。そっちこそ、肩慣らしに来たんだろう？」

木龍はバットを下ろすと、気さくに笑った。

「お互い若くないんだから、いつまでもバット振っていると、若いもんに笑われるぜ」

鬼束は声を立てて笑う。

他のレーンでプレーしていた客が、さりげなく帰って行く。一般人には二人の男の素性は分からなくても、近寄ってはいけない人種であることは明白である。

鬼束は徳衛会の若頭で、彼がバッティングセンターによく現れることを知っていた木龍と張り込んでいたのだ。連絡先は分かっているが、直接連絡するとお互い不都合だからである。

歌舞伎町を中心に新宿には複数の暴力団が進出している。敵対する勢力もあるが、お互い抗争は避けていた。無駄な争いは警察に利するだけだからである。もっとも、チャイニーズマフィアは日本の暴力団と協調することはないので、暴力団と彼らはたびたび騒動を起こしている。

「手間は取らせない。ちょっと話に乗ってくれないか？」

木龍はバットを所定の位置に返すと、バックネットを出た。

「なんだ。偶然と思ったら、野暮用かよ」

鬼束は舌打ちをし、頭を掻いた。

「すまない。ちょいと昔話をしたいだけなんだ」

木龍はバックネットにS字フックで掛けていたジャケットに腕を通した。S字フックはいつもポケットに入れてあるらしい。身嗜み（みだしな）にいつも気を使っているようだ。

「それじゃ、軽く飲みながら話すか？　あんたの奢りで」

鬼束はちらりと神谷を見て言った。離れた場所に立っていたが、気になるのだろう。他の客はすでに出て行き、バッティングセンターにいるのは三人だけである。いまさら無関係は装（よそお）えない。

「いいだろう。ゴールデン街に行くか。あそこなら、しのぎを削（けず）る必要もないからな。先に紹介しておくよ。知人の神谷隼人（はやと）さんだ。探偵みたいなことをしている。堅気（かたぎ）だよ」

木龍は神谷に頷いてみせた。

「堅気？　本当かよ。どこから見ても、筋者（すじもの）だろう」

首を引いた鬼束が、目を丸くしている。

「神谷隼人です」

神谷は鬼束に軽く頭を下げた。さすがに「よろしく」とは言えなかった。

三人はゴールデン街に向かった。歌舞伎町は、どこの組織とも関わりがない飲食店で飲むことが難しい。その点、反（そ）りが合わない組の者と一緒にというのなら、ゴールデン街は都合がいいようだ。このエリアは飲食店組合の力が強く、暴力団が手を出せないため非武装地帯のようになっているらしい。

木龍はゴールデン街のスナック・忍(しのぶ)という店に入った。鬼束と話し合うこともなかったので暗黙の了解があったのだろう。ただ、入口で鬼束が「やっぱり、ここか」と小さな溜息を漏らしていた。訳ありの店かもしれない。

「いらっしゃい。なんだ、おまえらか。雁首(がんくび)揃(そろ)えて、珍しいな」

ママと思しき厚化粧の女性が木龍と鬼束の顔を見るなり、カウンターの中から濁声(だみごえ)で言った。化粧で誤魔化(ごまか)しているが、おそらく七十代半ばだろう。アルバイトらしき若い女の子がその隣りに立っている。

最後に入った神谷は、思わず立ち止まった。強面(こわもて)の二人を恐れないどころか、怒鳴るようにおまえら呼ばわりしたのだ。ゴールデン街の標準といえるカウンター席しかない店で、カウンターチェアーが七席とプレイバックよりいささか狭い。壁際に丸椅子が三つほど積み重ねられているが、十人も座ったら嫌でも肘(ひじ)が触れ合うことになるだろう。客はサラリーマン風の男が、入口近くの席に二人いるだけだ。

「おっ、はじめての顔だな。だが、新入りの割には、そこそこの歳だ。おまえのところの人間か？」

神谷を見たママが鬼束に尋ね、カウンターに載せてあったマルボロのパッケージから煙草(たばこ)を出した。

「忍さん、違いますよ」

鬼束はポケットからジッポーを出して忍の煙草に火を点け、木龍を追い越して一番奥の席に座った。明らかに忍を避けているようだ。

「私の知人です」

木龍が申し訳なさげに右手を上げると、鬼束の隣りに腰を下ろした。神谷も当然のごとくその隣りの席に手を掛けた。

「おまえは、いい男だから俺の前に座れ！」

忍は顎で自分の前の席を指して、にこりと笑った。赤いワンピースは胸元が大きく開いている。痩せているので、遠目に見れば六十代に見えなくもない。

「俺？」

神谷は思わず、自分を指差した。

「立っている客は、おまえしかいないだろう。キスしてやるからここに座れ！」

忍は舌舐めずりをしている。

「えっ！」

木龍を見ると、右の掌を顔の前に上げて頭を下げた。

「ママ、今日は飲み過ぎよ。お客さん、怖がっているじゃない」

若い女の子が助け舟を出してくれた。歳は二十代半ば、忍を咎めるのだから、見た目は可愛いが相当な強者かもしれない。

「冗談に決まっているだろう。いいから、座んな。飲み物は何にする？」

腕組みした忍は、煙草の煙を吐き出しながら鼻を鳴らした。

「バーボン、オンザロック」

神谷は仕方なく、カウンターの中央の席に座った。

「どうしたんだい。顔の傷？　いい男が台無しじゃないか。堅気には見えないけど、筋者でもないね」

忍はいきなり、顔を近づけると、左手で神谷の顎を摑(つか)んで酒臭い息を吹きかけてきた。

バイトの女の子が言うように相当飲んでいるようだ。カウンターの真ん中が空いている理由が分かった。忍が荒れているために、客は避けているに違いない。

「転んで、怪我(けが)をしたんです」

横目で木龍を見ると、背中を向けて鬼束と話し込んでいる。忍の餌食(えじき)になれということらしい。

「下手な言い訳しやがって。じっくり話を聞こうか」

忍が神谷の頰にキスをして笑った。

「なっ！」

長い夜になりそうだ。

違法賭博

1・九月二十五日PM2：54

府中市晴見町、府中刑務所、午後二時五十四分。

顔に大きな絆創膏を貼った神谷は、昨夜と違いスーツにネクタイとビジネスマン風の格好である。

接見室に近い待合室の壁に張り出してある告知版を見ていた。受刑者に接見する際の注意事項が記載されているのだ。

壁際の椅子に腕を組んで座っている岡村が、大きな欠伸をした。何度も来たことがあるということで、寒々とした刑務所の風景にも慣れているようだ。

昨夜、木龍と一緒に、三年前に歌舞伎町で違法賭博をしていた店の情報を集めた。主な情報は、徳衛会の若頭である鬼束から木龍が聞き出している。

高校時代、木龍は野球の強豪校のサードで2番、鬼束は別の強豪校のセンターで3番だったらしい。二人とも甲子園には出なかったが、関東大会で戦ったこともあるという。バッティングセンターで会った際、情報の交換はこれまでもしてきたそうだ。

違法賭博は三軒のバーで行われており、隠し部屋でバカラやルーレットをしていたそうだ。一軒はルーレットとバカラで、残りの二軒はバカラだけだった。

最初に摘発されたのは、ルーレットとバカラの店で、次はバカラだけのカジノが四ヶ月ほどの営業で警察に踏み込まれ、関係者はすべて逮捕されたらしい。その八ヶ月前からもう一軒のバカラカジノも営業していたが、警察の動きを察知して半年ほどで自ら廃業したそうだ。

三軒の店は、徳衛会が経営していた。だが、裏カジノは賃貸という形で外部の人間に貸し出し、その上がりを得ていたことになっている。立て続けに逮捕者を出したため、組長から違法賭博に手を出さないように命じられているそうだ。

一軒目と三軒目でカジノディーラーをしていた在日韓国人橋田(はしだ)紀彦(のりひこ)、本名黄同國(ファン・ドングク)を鬼束から紹介されている。彼は韓国のカジノで働いていたがいかさまがバレてクビになり、日本に帰って来たところを徳衛会がスカウトしたそうだ。

徳衛会では違法賭博から手を引いたために、新たな情報が出ても問題ないと鬼束は言っていたらしい。だが、木龍によれば、それは建前で徳衛会の逮捕された組員は口を割らないからだという。

また、黄同國は組員ではないため彼から漏れる情報に、徳衛会を脅(おびや)かすようなネタはないからだそうだ。たとえ、重要な情報を握っていたとしても、漏らせばどうなるかは知らないはずがないからだろう。そもそも黄同國は、府中刑務所に服役していた。

受刑者に面会するには、〝刑事収容施設及び被収容者等の処遇に関する法律〟によって厳しい条件が規定されていることを鬼束のようなヤクザなら知っている。接見できるはずがないと思っているに違いない。

「岡村さん、ご無沙汰しています」

制服姿の中年の男が、声を掛けてきた。

「高嶺看守長、一年半ぶりですか。その節はお世話になりました」

岡村は立ち上がると、慇懃に挨拶をした。

「今日は、黄同國と面接をされると聞きましたが、大丈夫ですか？」

高嶺は醒めた表情をしている。黄同國はプロのディーラーだと言いたいらしい。一般社会で何の役に立つか疑問に思っているのだろう。

受刑者の面会を許される条件の中に〝受刑者の更生保護に関係する者、釈放後に受刑者を雇用しようとする者、その他面会により受刑者の改善更生に資すると認められる者〟という規定があり、岡村はこの項目を利用し、貝田、外山、尾形の三人と接見し、服役後に雇ったのだ。また、元警察官という肩書きも役に立ったに違いない。

「黄同國が役に立つか、心配ですか？　先行投資ですよ」

岡村は満面の笑みで答えた。

「先行投資？　ですか？」

高嶺は首を引きながら傾げた。

「築地の跡地にカジノを作るという構想もあります。そうなれば、プロのディラーは引っ張りだこですよ。ディーラー養成塾なるものを作ろうかと思っています」

岡村は得意げに説明した。

築地市場跡地に国際会議・展示場を整備するという案が出ていたが、ランニングコストも含めて多額の費用を要するため、カジノを含めたIR（総合型リゾート）として整備すべきだという案も出ている。

もっとも、それは黄同國と接見するための理由付けに過ぎない。神谷が黄同國の接見を岡村に相談したところ、彼がアイデアを出してくれたのだ。

「なるほど、さすが岡村さん、先見の明がありますよ。黄同國は模範囚ですので、うまくいくといいですね。時間になりました。接見室にお入りください」

腕時計で時間を確認した高嶺は、右手を伸ばして廊下の奥を指した。受付は済ませてあったが、午後三時からと決められているのだ。

神谷は岡村の後に続いて、接見室に入った。

強化アクリル板を境に部屋が仕切られ、さらにパーティションで区切られている。岡村は一番手前の区画に進む。

正面にグリーンの受刑者服を着た男が座っており、神谷と岡村の顔を交互に見て首を捻った。事前に彼にはある会社の社長が、面会に来るとだけ伝えてある。

黄同國は違法賭博の客ではなく、開催した側の人間なので、〝賭博場開帳等図利罪〟が適用され、韓国でいかさまをしたことで詐欺罪に問われたことも鑑みて、執行猶予なしの四年の実刑が言い渡された。

「はじめまして、岡村と申します。今日は、黄くんに耳寄りな情報を持ってきました。ただし、接見時間は三十分しかないので、急いでお話しします」

岡村はいつもの作り笑いを浮かべ、折り畳み椅子に座った。神谷はその後ろに立った。

「あんたたち、徳衛会の回し者なんだろう。俺は何も喋っていない。安心してくれ」

黄同國は寝不足なのか、目の下に濃い隈がある。頭髪は短くしているが、無精髭をだらしなく生やしていた。府中刑務所は累犯が多いため、新入りイビリは少ないと聞くが、どこの世界でも裏で何かあるものだ。三年の刑務所生活で精魂尽き果てているのかもしれない。

「あなたは、勘違いしているようだ。我々は徳衛会どころか、暴力団関係者ではありません。受刑者の社会復帰を助ける仕事をしているんですよ」

岡村は笑顔を崩さずに言った。

「社会復帰？」

黄同國は訝しげな目を向けてきた。当然ではあるが、まだ信用していないのだろう。

「私はあなたが模範囚ということで、刑期を終えたらしかるべき会社に斡旋することができます」

「俺のようなディーラーは、カジノでしか働けないんだ。どんな会社なんだよ。まったく」

黄同國は、ふてくされたように鼻息を漏らした。本場のカジノで働いてきたディーラーに別の仕事と言っても頷(うなず)かないだろう。

「裏カジノでなくても、働けますよ」

岡村はさきほど看守長の高嶺に説明したのと同じ話をした。

「ほお」

黄同國は身を乗り出してきた。

「ただし、いくつかの質問には答えてもらいます」

岡村もアクリルの仕切りに身を乗り出して言った。

「質問？」

頬(ほお)をぴくりと痙攣(けいれん)させた。

「そんなに、身構えるようなことではありませんよ。答えていただければ、人助けにもなります」

「人助け？」

黄同國は困惑した表情で、首を傾げた。

「裁判記録では、〝バー・ニュービクトリア〟と〝バー・カリビアン〟でディーラーをしていたあなたが、裏カジノの責任者となっていましたが、あれは嘘(うそ)ですよね？」

岡村は抑揚(よくよう)のない声で尋(たず)ねた。

「馬鹿馬鹿しい」

黄同國は鼻先で笑った。

「あなたは他人の罪も被ったんですよね。カジノの経営はノウハウが要ります。あなたはプロのディーラーかもしれないが、その知識まであるんですか？　事件でまだ逮捕されていない人間がいると私は思っています」

岡村は仕切りのアクリル板にさらに近付き、声を潜めて尋ねた。

「なっ！　何を」

黄同國は両眼を見開いた。

あやうく神谷も声を出すところである。黄同國への質問は岡村自らすると言っていたが、内容までは聞いていなかったのだ。

「図星ですか。他人の罪を背負っても何もいいことはないのに」

岡村はふんと鼻を鳴らした。

「何が狙いなんだ？」

黄同國は上目遣いで、聞き返した。

「私が欲しいのは、カジノに来ていた顧客リストだ。君に迷惑を掛けるつもりはない。そもそも結審された裁判に興味もないのだ」

裏カジノには誰でも入店できるわけではない。身分証明書を見せて警察関係者でないことを確認されてはじめて顧客として登録され、入店できる。そのために作成した顧客リストがあるはずだが、警察では押収することができなかったそうだ。

神谷も岡村に相談した際に、顧客リストの存在が気になっていた。それがあれば、亡くなった佐藤勝己がどこの店で借金を作ったかも分かるだろう。さらに裏帳簿も見つかれば、借金の額も分かるはずだ。

「顧客リスト？　もし、そんな物が存在していたとしても、話すはずがないだろう」

黄同國は大袈裟に肩を竦めて見せた。神谷も同感である。よほどの飴を与えない限り、口を割るとは思えない。

「そうだよな。君には、いい話だけするつもりはない。悪い話も聞かせてやる」

岡村は腕組みをして黄同國を睨みつけた。

「俺の刑期は残り一年を切っている。このまま真面目に過ごせば、仮釈放だってあるかもしれない。何を聞いても関係ないよ」

黄同國は首を大きく左右に振った。

「たかだか賭博場開帳等図利罪だからな。だが、殺人罪で再逮捕となれば、話は変わってくる。さらに十年という可能性もあるんだぞ」

岡村は凄みを利かせて言った。

「何！　どういうことだ！」

黄同國は腰を浮かせた。

「顧客が、謎の死を遂げている。あれは自殺に見せかけた殺人だ。おまえが関わっているそうじゃないか」

岡村は低い声で言った。

「ばっ、馬鹿なことを言うな！　いい加減にしろ！」

黄同國はアクリルの仕切りを拳（こぶし）で叩（たた）いた。

「また来る。それまでに忘れていたことを思い出すんだな」

岡村は席を立った。

「なっ、何を……」

黄同國は呆然としている。

「さきほどの話は、佐藤勝己のことですよね。黄同國は関わっているんですか？」

接見室を出たところで、神谷は岡村に尋ねた。

「自供させるために適当に吹っ掛けたんだ。だが、やつの反応は異常だ。事件を詳しく調べるべきだな」

岡村は険しい表情で答えた。

2・同九月二十五日PM7：50

午後七時五十分、911代理店。

神谷は消化器をストッパー代わりに二〇五号の自室のドアが閉まらないようにすると、ホワイトボードを運び入れた。

天井にはシーリングライトを取り付け、仕事机や椅子も用意してある。貝田らと違って自分の部屋をショールームのようにする必要はない。だが、会社には全員が一堂に集まって仕事をするスペースはないので、自室を仕事部屋と兼用にする必要があった。ライトは自腹で購入した物だが、それ以外の机や椅子などは三階の倉庫にあった会社の備品である。

「仕事部屋らしくなったじゃないか。入ってもいいかな」

ドア口に岡村が立っていた。府中刑務所を出た二人は中央線で新宿まで来たのだが、駅で別れている。岡村は用事を済ませてから帰ると言っていた。

「どうぞ」

神谷は自分の椅子を机から引き出し、岡村に勧めた。

「私の部屋のように、ベッドの前にパーティションを立てるといい。ベッドが見えると、つい昼寝してしまうからな」

岡村は椅子に座ると、ポケットから電子タバコを出した。

「そのうち、揃えますよ」

前の自動車修理工場からは半月分の給料を貰っているが、すでに半分ほど使っている。もともと貯金は数万しかないため、軍資金が心細いのだ。いまさら殴られ屋をするつもりはない。出費を控えればなんとかなるだろう。

「急ぐ必要はないからな」

頷いた岡村が電子タバコの香り付き水蒸気を吐き出す。

「違法賭博の件で、新聞記事を調べましたが、大したことは書いてありませんでした」

神谷は、机の上に載せてあったコピーを岡村に見せた。

新宿駅で岡村と別れた神谷は、大久保の中央図書館を訪ねている。三年前の歌舞伎町の違法賭博に関する新聞記事を調べたのだ。だが、全国紙三社の記事を集めてはみたが、いずれも社会面の片隅（かたすみ）に身を寄せるような小さな扱いだった。内容がほぼ同じなので、各社ともまったく取材もせずに警視庁の広報課からの発表をそのまま掲載したようだ。

学生時代の友人が朝読（あさよみ）新聞社の編集部にいるため、図書館で入手した記事の確認を取ったのだが、新たな情報を得ることはできなかった。違法賭博は新聞記者にとって、情熱を注ぐほどの事件ではないからだろう。客に政財界の大物でもいれば話は別だが、逮捕者の多くは一般人で違法性を知った上で裏カジノに通っていたため、同情されるような存在ではないからである。

「そんなものだろう。違法賭博がなくならないのは、客も違法性を承知しているためだ。一般市民にとって、そんな賭博依存症の人間は、賭博場を開帳する暴力団と一緒に逮捕されて当然と思っている。警察の手入れがあっても誰も興味もないのだ。勝己さんの死は、そんな状況で埋もれてしまっている。このままでは、違法賭博も勝己さんの死の真相も摑（つか）めない。こうなれば、警察の書類を調べる他ないだろう」

岡村は電子タバコの水蒸気を天井に向かって吐いた。

「警視庁の知り合いに頼まれるのですか？」

　神谷も行き詰まっていたので、畑中に情報の提供を頼もうかと思っていた。もっとも、彼を納得させるには、これまでの経緯を説明するために相当な労力を使うことを覚悟しなければならないだろう。そのため躊躇していたのだ。

「いや、そんな面倒なことはしない。ただ、方法を教えるとなると、君には覚悟をしてもらわなければならない」

　岡村は電子タバコをケースに仕舞った。

「覚悟ですか？　真実を求めるために、それなりに覚悟はしているつもりですが」

　神谷は岡村の意図を図りかね、曖昧に答えた。暴力団絡みの事件を調べれば、身の危険は覚悟しなければならないことは分かっている。

「君は未だに元スカイマーシャルとして守秘義務を守っているが、これから見聞きすることも絶対に口外しないと約束ができるか？」

　岡村は神谷をジロリと見た。

「どっ、どうして！」

　神谷は思わず仰け反った。ＳＡＴだったことは、岡村に知られている。とはいえ、神谷自身はそれを認めていない。だが、正直言って岡村の言うように、ＳＡＴ出身と公言している者もいるため、それほど気にしていなかった。だが、スカイマーシャルは別である。その活動は民間航空機の安全に関わるため、超が付く極秘扱いになっているからだ。

「警視庁のテロ対処部隊の書類を閲覧したのだ」

岡村は淡々と答えた。

「どうして、そんなことが可能なんですか？　あなたは今は民間人ですよね。本庁にコネがあるのですか？」

神谷は何度も首を傾げた。スカイマーシャルの機密を知り得る者は、本庁でも幹部クラスだけである。

「知りたいかね？」

岡村は鋭い視線を向けたまま尋ねてきた。

「もちろんです。私の経歴が民間に漏れるようなら、同僚の任務に関わりますから」

神谷は拳を握り、岡村を睨み返した。

「９１１代理店の秘密を知れば、後戻りはできなくなるぞ」

岡村は意味深な言葉を投げかけてきた。

「もちろんですが、秘密を知る上で、一つだけ聞かせてください」

「私に条件を出すつもりか？」

「９１１代理店の真の目的は、正義に基づいているのですか？」

畑中から、岡村は悪徳刑事だったと聞かされたことが脳裏を過った。警視庁の機密情報を得る方法は、正規のルートではないのだろう。ひょっとすると、幹部クラスから金で買っているのかもしれない。正義を行うために手段を選ばず汚い手を使っていいのかと言われると、判断は難しいのだ。

「むろんだ。我々が悪事を働くはずがないだろう」

岡村は苦笑してみせた。

「畑中から、あなたは不祥事で退職したと聞きましたが」

さすがに悪徳警官とは言わなかった。

「詳しくは話せない。話したくもない。ただ、在職中に不正を働いたことは、一度もない。私は真実の探究者だ。信じるか信じないかは、君次第だ」

岡村は右目だけ見開いた。怒りを抑えているらしい。

「了解しました。よろしくお願いします」

神谷は頭を下げたが、裏切られれば警察に密告する。刺し違える覚悟はあるのだ。

「よかろう。来たまえ」

岡村は腕時計をちらりと見て立ち上がり、部屋を出た。

3・同九月二十五日PM8：00

神谷と岡村はエレベーターを使わず、階段を上がって行く。

建物は三階建てだがラブホテルだったためか、重量鉄骨造で壁は厚く堅牢に造られているようだ。時刻は午後八時を過ぎたばかりだが、建物の内部は空調の音が聞こえるほど静まり返っている。

岡村は三階に上がると廊下を右に曲がった。

神谷は首を傾げた。岡村の執務室は三階の廊下の左手にあるからだ。

三〇五号室の前に立った岡村は、ポケットから二つの伊達眼鏡を出し、一つを神谷に渡した。三〇五号室は沙羅の部屋である。神谷は眼鏡をすぐに掛けた。彼女を刺激したくないのだ。

「岡村です」

眼鏡を掛けた岡村は、ドアを遠慮がちにノックした。

「入っていいよ」

沙羅の声だが、いつもよりかなりトーンが低い。どうやら、ブラック沙羅になっているらしい。

「失礼する。神谷くんも一緒だ」

岡村は恐る恐る入って行く。神谷も彼のすぐ背後から部屋に足を踏み入れた。

三〇五号室は神谷の上階であるため同じデザインになっているかと思ったが、壁紙はピンク地の水玉柄であった。部屋の奥はパーティションで仕切られているため、ベッドの形は分からない。

驚いたことに、部屋の中央にあるデスクにはパソコンが三台も置かれ、六台のモニターが三台ずつ二段で横に並んでいる。さらに壁際には、金属製のラックにサーバーらしきマシンが何台も置かれていた。また、入口近くにはノートパソコンが載せられた別の机がある。沙羅用なのか、机の前の壁には可愛(かわい)らしい猫の写真が飾られていた。

ブラック沙羅は中央のパソコンデスクに向かって座り、キーボードを高速で叩いている。六台のモニターには、プログラム、CG画像などさまざまな映像が表示されていた。ブラック沙羅は黒いTシャツに黒のジーンズという服装で、髪を後ろでまとめているせいか大人の雰囲気がある。

「作業中、すまない、篠崎(しのざき)君。神谷くんに君の仕事ぶりを見せようと思ってね」

岡村は彼女の背中越しに言った。沙羅ではなく、今は貝田から聞かされていた玲奈(れいな)という人格が表に出ているらしい。

「企業秘密だ。見せる必要は、あるの？」

玲奈は手を止めて振り返り、頬をぴくりと痙攣させると、六台のモニターの画像をすべて消した。仕事中のモニターをあまり見られたくないようだ。

「あっ、この間は、すまなかった」

一瞬目が合ったため、神谷は視線を外して頭を掻(か)いた。

「……こっちも、悪かったと思っている。あの時は、睡眠不足だったし、呼び出されて気が立っていたんだ」

玲奈は意外にも苦笑してみせ、口調を和らげた。沙羅はまったく覚えていなかったが、玲奈になったために神谷を殴ったことを思い出したらしい。二つの人格同士のコミュニケーションはないようだ。

「警視庁に残っている神谷くんのデータを表示させてくれないかな」

岡村は優しい声で彼女に言った。

「なんだ、そんなことか」

玲奈は小さく頷いてキーボードを叩き始めると、彼女の正面の上下二つのモニターだけ表示された。

「君には申し訳ないが、本採用するにあたって調べさせてもらったよ」

岡村は頭を掻きながら言った。

「えっ！」

画面を見た神谷は、声を上げた。一瞬、ログインIDとパスワードを入力する警視庁のネットワークの初期画面が表示されたのだが、彼女はそこから先に進んだのだ。

「早稲田（わせだ）の法学部を出て、二〇〇五年に警視庁に入ってから二〇一五年に退職するまでの記録だよ。五カ国語も話せるんだよね。見かけによらず、頭いいじゃん」

玲奈はモニターが見えるように椅子を横にずらした。

「こっ、これはどういうことですか？」

神谷はモニターに表示されている自分の記録を見て、険しい表情になった。警視庁における神谷の全データが記載されているのだ。しかも、昇進試験の点数結果など、本人ですら初めて見る情報もあった。現役の警察官でもアクセスできない領域のデータを見ているようだ。

「彼女は、世界屈指のハッカーなんだよ。彼女の前に破れないセキュリティシステムはないと思ってくれ」

岡村は自慢げに顎を摩った。

「持ち上げても何も出ないよ。私よりも、能力がある奴は、世界中に何人もいるから」

玲奈は首を振ると、鼻息を漏らした。褒められたことをむしろうるさがっているらしい。

「911代理店は、正義を貫くためには手段を選ばないということだよ。ちょっと、格好を付け過ぎたか」

岡村は低い声で笑った。

「大袈裟なんだよ。馬鹿じゃないの」

玲奈は興味を失ったのか、神谷の情報を消して元の状態にした。何かのプログラミングをしているらしい。

「篠崎君、君に頼み事がある。二〇一六年の歌舞伎町の違法賭博と同年八月六日に死亡した佐藤勝己について、警察の資料を調べておいてくれないか」

「分かった。やっておく」

玲奈は振り向くこともなく答えた。

「邪魔したね。ありがとう」

岡村は沙羅の部屋から出ると、自分の部屋に入った。何も言われなかったが、付いて来いということなのだろう。眼鏡を外した神谷は、厳しい表情のまま岡村に続いた。岡村と玲奈の会話は簡単なやりとりであったが、彼が違法行為を玲奈に指示していることは明らかだったからだ。

「彼女の仕事の方法は、簡単には消化できないだろう。ハッキングは違法行為だからね。だが、真の悪と対峙するとき、我々はあまりにも無力なことに気付かされる。だからこそ、武器がいるのだ。篠崎君のハッカーとしての能力は、大きな武器なんだよ」

岡村は自分の椅子に座った。

「正直言って戸惑っています。違法行為ということも、もちろん気になりますが、彼女はハッキングで悪さをすることはないのですか？」

ネットワークの世界では、様々な情報が行き交っている。また、何重ものセキュリティに守られているとはいえ、個人データから国家機密まで、ありとあらゆる情報が世界中のコンピューターのサーバーに蓄積されているのだ。そのセキュリティを簡単に破ることができるのなら、米国の国家機密を暴いたエドワード・スノーデンを例にとるまでもなく世界を大混乱に陥れることができる。また、銀行から金を盗み出したりすることもできるだろう。優秀であればあるほど、ハッカーは危険な存在なのだ。

「篠崎君の別人格である玲奈は少々乱暴だが、主人格同様に正義感は強い。もっとも、ハッキングに関してはまったく後ろめたさはないらしい。そのため、私は捜査目的以外でのハッキングは禁じている」

「彼女のことを詳しく教えてください」

首を横に振った神谷は、向かいの椅子に腰を下ろした。

「彼女の父親は度を越した攻撃性の持ち主で、母親は篠崎君が幼い頃に育児放棄をした。父親はキッチンドリンカーだったらしい。母親も彼女に手を上げることがあったらしいが、父親は会社から帰宅すると、躾と称して殴る蹴るの暴力を振るったそうだ。そのため、小学校高学年の時に身を守るために玲奈をはじめとした無数の別人格が現れた。父親の帰宅時間だった午後七時に玲奈に変わるのはそのためだ」

岡村は大きな溜息を吐くと、火も点けずに電子タバコを口に咥えた。

沙羅に対する虐待は近所でも有名だったらしく、警察に通報されることもあったそうだ。そのため、児童相談所の所長が家庭裁判所に沙羅の保護を申し立て、彼女が十歳の時に受理された。彼女は児童福祉施設に引き取られたのだが、それが元で両親は離婚し、二人とも沙羅の養育を拒否したらしい。

「なんて親だ。許せない」

舌打ちをした神谷は、頭を激しく振った。

「悲惨な状況だったが、引き取られた児童福祉施設の植竹所長は好人物だった。もっとも二つ目の施設の所長だ。最初の施設では彼女の暴力が問題になり、追い出された。植竹所長は、そんな彼女を我慢強く見守ったようだ。主人格である沙羅は、長年の虐待と抑圧のせいで発達に遅れが見られたが、彼女を守るために現れた別人格には様々な才能があることに植竹所長は気付いたのだ。中でも玲奈の時に彼女のＩＱは百七十にもなる」

岡村は電子タバコの火を点けると、自慢するように話し始めた。

攻撃的な性格という難点はあったが、植竹所長は玲奈になった彼女を図書館に連れて行き、自由に勉強させたそうだ。彼女の興味は数学とプログラミングだった。玲奈に言わせると、どちらもパズル感覚で遊べるという。十二歳の時に図書館の数学とプログラミングの本をすべて読み尽くし、他の図書館からも取り寄せるほどだった。

「素晴らしい。本来なら主人格が持ち合わせている潜在能力を、玲奈が開花させたということですか」

神谷は思わず手を叩いた。

「そういうことだ。沙羅の時のＩＱは百十で常人と変わらない。専門家によれば別人格になってＩＱが高くなるのではなく、虐待で主人格のＩＱが落ちたようだ」

岡村は鼻息を溜息のように漏らした。

「そんなに違うんですか。それにしてもそんな天才が、どうしてこの会社にいるんですか？」

神谷は目を見張った。解離性同一性障害の人格間でＩＱが変わるというのは聞いたことがあるが、それほど差が出るとは驚くほかない。

「一昨年植竹さんから、就職先の相談を受けた。彼は私が本庁に勤務していた頃からの知り合いなのだ。彼女が高校を卒業して十八歳になるため退所しなければいけないのだが、就職先がないという。彼女の病歴を隠すことはできないからね。また、隠して就職して騒動を起こす可能性もあった。何より、不幸になるのは彼女だ。だが、それを聞いた私は、喜んで引き受けることにしたよ」

岡村は遠くを見るような目で言った。当時のことを思い出したのだろう。

「彼女の生い立ちは分かりました。だが、彼女を利用し、機密情報を得ていることに変わりはありませんよね」

沙羅の生い立ちには同情する。だが、そうかと言って彼女を使って違法行為を続けることには賛成できない。

「利用していると言われれば、返す言葉もない。だが、得られた情報を営利目的に使ったことは一度もない。それに彼女にハッキングを要請するのは稀なことだ。というのも彼女の主たる仕事は、スマートフォンのゲームアプリの開発だからだ。すでにアプリはいくつも世に出てヒットしているんだよ。彼女には事務員としての給料は払っているが、彼女がゲーム開発で得た報酬は、会社は関知しないから百パーセント彼女が直接受け取っている。だから、彼女は私よりも高額所得者で我社の株主でもあるんだよ。もっとも彼女はお金に興味はないが」

岡村は苦笑した。

「そんな高収入なら、この会社にいなくてもいいんじゃないですか？」

「篠崎君はこの会社で働きたいと言っている。また、玲奈は世間を知らないから、ゲームの開発は出来ても、マネジメントが出来ない。もともと彼女たちは外出も他人との会話も得意でないからね。私が人を介してフォローしている」

「この会社は、彼女が活動できる場を提供しているということですか」

ゲーム開発と聞いて、彼女の部屋のコンピューター機器に納得した。

「その通りだ。篠崎君だけでなく、貝田君や外山君や尾形君もそうだ。そういう意味では、この会社が君にとっても活動の場になることを私は希望している」

「しかし、彼女が玲奈として活動することは、解離性同一性障害に差し障りはないのですか？」

神谷は小さく頷いたものの、まだ納得していない。岡村の言うことは正論であるが、それを真に受けたら彼は聖人君子になってしまう。逆に胡散臭く感じてしまうのだ。

「彼女がプログラマーとして活動することで、玲奈以外の別人格は現れなくなったそうだ。精神科医の話では、別人格とはいえ玲奈は、篠崎君が生きていく上で必要不可欠な存在となっており、簡単には抑えられないものらしい。別人格の存在を喜んでいいとは思わないが、少なくとも玲奈である時も彼女は生き生きとしている。私は二人とも幸せにしたいんだよ」

岡村はしみじみと言った。

「なるほど、確かに」

神谷は何度も頷いた。

4・九月二十六日AM7：00

翌日の早朝、スポーツウェアを着た神谷は、ジョギングした帰りにコンビニに寄って朝飯のパンと牛乳を買ってきた。階段を上り、二階ではなく三階まで上がる。七時の朝のニュース番組を見たいので、テレビがある食堂に足が向いたのだ。

三階のエレベーター前の倉庫になっている部屋を素通りし、左に進んだ。廊下の右手にある引き戸が食堂兼娯楽室で、その向かいは岡村の部屋である。

「うん？」

引き戸に手をかけた神谷は、鼻をひくつかせる。いい匂いがするのだ。

食堂兼娯楽室に入ると、味噌汁と焼き魚の匂いが鼻腔を刺激した。

キッチンに立つ岡村が声を掛けてきた。朝ごはんを作っているらしい。

「おはよう。早いね」

入口の右手にアイランドキッチンがあり、その前にちょっとしたバーのように四つのカウンターチェアが並べてある。キッチンの後ろには業務用の冷蔵庫や食品庫が置かれているが、中を覗いたことはない。

入口の左手にはソファーとテーブルが置かれ、奥の壁に五十インチのテレビが掛けてある。その隣りには、企業理念として、『小悪党を眠らせるな』、『被害者と共に泣け』、『隣人に嘘をつくな』という言葉が、筆文字で書かれて張り出されている。

岡村が書いたのだろうか。昭和末期の検事総長、伊藤栄樹が訓示で述べた『巨悪を眠らせるな』、『被害者と共に泣け』、『国民に嘘をつくな』という言葉をもとにしているらしい。ちなみに伊藤栄樹とは、一九八五年の検事総長就任時のインタビューで「特捜検察の使命は巨悪退治である」と言ったことで有名である。彼はそれを実践し、のちに「ミスター検察」と呼ばれるようになった。

「おはようございます」

神谷は岡村に軽く頭を下げると、娯楽室側のテーブルにコンビニの袋を置いた。

「しまった。君に食事のことを教えてなかったね」

コンビニの袋を見た岡村は、キッチンで作業を続けながら言った。

「食堂兼娯楽室は、勝手に使っていいと聞きました」

会社施設については、貝田から大まかに説明を受けただけである。まだ、入社間もないので、おいおい自分で確かめるつもりだった。

「そうか、君にはまだノートPCも渡していなかったか。篠崎君から会社のネットワークなどの設定をしたノートPCを受け取ってくれ。会議などはここに集まってすることもあるが、ネットワークで会議することも多いんだ。また、私からの連絡もノートPCにメッセージやメールで送ることになっている。それに私が手の空いた時は、食事を振る舞うことになっていてね、会社の掲示板に告知してあるんだ」

岡村は味噌汁を小皿にとって、味見をした。慣れた手つきである。

「社長が料理をされるんですか？」

目の前の人物は時間が経つに連れ、畑中から聞いていた悪徳警官のイメージから乖離していく。

「現役の刑事だった頃、医者から血圧が高いと注意されてね。死にたくなかったら節制しろとまで言われたんだ。だからと言って刑事は外食が多いから薬に頼っていたよ。だが、退職してからは、なるべく自分で作るようにしている。どうせ作るのならせっかくだから、希望者に食事を出しているんだよ。君もよかったら食べないか？」

岡村はご飯をしゃもじで茶碗によそった。

「ありがとうございます。いいんですか？」

コンビニの袋を見た。腐るようなものではないので、昼飯にすることはできる。

「冷蔵庫には食材をストックしてあるから、五人分も六人分も変わらないんだ。他の連中は、八時前後に来るから遠慮はいらない」

岡村はカウンターにご飯と味噌汁、焼き魚、ホウレン草のお浸し、生卵を入れた器を出した。

「ご馳走ですね」

目を輝かせた神谷は、カウンターチェアに座った。海外生活が長かったため、朝食はパンを食べることが多いのだ。

岡村は料理を並べると、先に食べるように掌を前に出した。

「この程度で、ご馳走と言われても困るな。君のお袋さんの味は、なんだい？」

ひと仕事終えたとばかりに岡村は、業務用の冷蔵庫にもたれ掛かって電子タバコを吸い始めた。まるで定食屋の親父である。

「その質問が私には困るんですよ。母の順応性が高かったせいで、定番がないんですよね。父親の赴任先が英国なら紅茶にトーストとベーコンエッグ、フランスならタルティーヌという果物を載せたトーストとカフェオレといった具合です。だから、焼き魚にご飯と味噌汁というのは、未だに新鮮ですよ。社長は食べられないんですか？」

朝飯も両親が離婚した理由の一つである。父親は和食が食べたかったのだが、母親はパン食派だった。母の瑠璃子(るりこ)はロシア系のクオーターで和食は好きだが、作るのは苦手だったのだ。

「どうぞ、どうぞ」

岡村は鼻から電子タバコの水蒸気を吐き出しながら首を振った。

「いただきます」

神谷は両手を合わせると、まずは味噌汁の椀を手にした。豆腐とわかめの定番だが鰹出汁(かつおだし)が効いており、味噌にコクがあって美味い。次に鮭(さけ)を箸(はし)で切り分けて口にした。

「甘塩の鮭は、脂が乗っていて美味いです。味噌汁は、どちらかというと赤味噌に近いですね。コクがあって豆腐を引き立てています」

神谷は適当な生活をしている割には、味にうるさい。和食こそあまり作らなかった母親だが、一流シェフ並の腕前を持っていた。そのため、神谷も舌が肥(こ)えたのだろう。放浪生活をしていた頃、レストランの厨房で働くことが多かった。むろん包丁も使えるし、フライパンも握れる。貧乏(びんぼう)なことが多かったが、食の楽しみに金は惜(お)しまなかった。

「鮭は、天然物の紅鮭だよ。味噌の味も分かるのか、驚いたね。君の言う通り、赤味噌のような風味がある秩父(ちちぶ)の田舎(いなか)味噌だよ。料理によって変えるが、私は秩父味噌が好きなんだ」

岡村は冷蔵庫からパッケージ入りの味噌を出して自慢げに見せた。食材にこだわりがあるらしい。

「なるほど、覚えておきます」

鮭でご飯を半膳食べ、残りに黄身が色鮮やかな生卵を掛けて食べた。卵も何とも言えない濃厚な味がする。スーパーではお目にかかれない高級品に違いない。あっという間にご飯を食べ尽くした。

「どうやら、卵の味も分かるようだね。産地直送の卵だよ。ご飯のお代わりは？」

顔を綻(ほころ)ばせる岡村を見て、いつもの疑問が湧(わ)いた。畑中から聞かされた岡村が、悪徳警官だったという話である。だが、料理を作って部下に振る舞うような悪人が、はたしているだろうか。

「ありがとうございます。遠慮なくいただきます」

疑惑を呑み込んだ神谷は、空になった茶碗を差し出した。

5・同九月二十六日AM7：30

朝食後、自室に戻った神谷は、スマートフォンでニュースを見ていた。

早朝のジョギング後のニュースサイトのチェックは、放浪生活を続けていた頃も欠かさなかった習慣である。自分を見失わないためには、ニュースで社会状況を常に把握しておく必要があったからだ。

放浪生活といっても、パリのレストランの厨房やドイツの港湾で働きつつ、安いアパートメントを借りて、最低限ながらも生活の基盤を確保していた。消費するだけの旅では、橋の下で眠るような物乞いになるのがオチである。

ドアがノックされた。

「はい」

返事をした神谷は椅子から立ち上がり、ドアを開けた。

「おはようございます」

ドア口に沙羅が、伏し目がちに立っている。小脇にノートPCを挟んでいた。岡村からさっそく頼まれたのだろう。

「沙羅、さん？」

彼女から視線を外し、念のため尋ねた。控えめな仕草で何となく察したものの、外見では見分けがつかないから仕方がない。慣れれば、そのうち判断できるようになるだろう。

「ええ、ノートPCを持ってきたんですけど、入っていいですか？」

沙羅は可愛らしく小首を傾げたが、その視線は神谷から少しずれている。彼女も神谷の目を見ないようにしているようだ。玲奈は大人の雰囲気があるが、沙羅はどこか学生っぽく二十歳という年齢相応の雰囲気である。

「お願いします」

神谷は急いで机の上に置いてある眼鏡を掛けた。昨夜、沙羅の部屋から出た後、岡村から貰ったのだ。度が入っていない対沙羅眼鏡は、正社員の証ともいえる。

「失礼します」

沙羅は机の上にノートPCを置き、起動させた。

神谷は中腰で作業をしている彼女に椅子を勧めた。

「座って作業してください」

「ありがとうございます。一緒に画面を見ていただけますか。すでにＷｉ－Ｆｉとメールの設定はしてあります。それから、社内連絡はメッセンジャー、オンラインビデオ会議はＺｏｏｍを使います。ＰＣのログインパスワードは、後でご自分で設定してくださいね」

椅子に座った沙羅は画面でそれぞれの機能を表示させながら説明した。

「Ｚｏｏｍ？」

神谷は苦笑した。スカイマーシャル時代は、機内に衛星携帯電話とノートパソコンを持ち込み、情報を得ていた。自分でいうのもなんだが、ＩＴには強い。

だが、放浪生活を続けた三年間で、パソコンやソフトの進化に追いていかれてしまった。

「ビデオ会議用のアプリです。セキュリティが甘いからって反対しているけど。他にもアプリはありますが、私がＺｏｏｍを選びました。椅子に座ってノートＰＣの画面を見てください」

淡々と説明した沙羅は立ち上がって窓際に移動し、背中を向けた。窓はベッドの近くにあるため、神谷の位置から一番離れることになる。

「玲奈って……」

首を傾げながらも椅子に座った。沙羅が、別人格の玲奈をまるで友人のように呼んだので驚いたのだ。

「それじゃ、スマートフォンでテストするので、ノートＰＣの指示に従ってください」

沙羅はスマートフォンを操作しはじめる。

画面にＺｏｏｍのポップアップウィンドウが現れ、「篠崎沙羅が呼び出しています」という文字の下に「承諾」と「辞退」というボタンが表示された。迷わず承諾のボタンをクリックすると、画面一杯に沙羅の顔が映し出され、右隅の小さなウィンドウにノートＰＣのカメラで撮影されている自分の顔が映り込んでいる。

「簡単だね。これで会議ができるんだ」

神谷は思わず微笑（ほほえ）んだ。

「眼鏡を外しても大丈夫ですよ。カメラを通してなら、私は沙羅のままでいられるみたいですから」

沙羅はカメラ越しにまっすぐに神谷の顔を見ている。

「了解」

指示されるままに眼鏡を外した。

「あのお、玲奈からあなたを殴ってしまったことを聞きました。本当にごめんなさい。もっと早く謝りたかったんですが、彼女から今朝知らされたので、知らなかったんです。それにこんな形じゃないと、私は個人的な話が出来ないんです」

沙羅を見ると、彼女は背を向けたまま窓に向かって頭を下げた。

「気にしなくていいよ。私の方も悪かったんだ。それに玲奈さんと昨日の夜、少しだけ話が出来てよかったよ」

神谷は首を振って笑った。

「玲奈はシャイなんです。神谷さんに謝罪が出来たから、私に暴力を振るったことを教えたのだと思います。彼女とは直接会話は出来ませんが、テキストをメールで残すか、ビデオメールでお互いの近況を知らせるようにしています。変に思うかもしれませんが、彼女は友達なんです。玲奈ははっきりとは言いませんでしたが、神谷さんとうまくやろうとしているようですよ。もちろん、私は神谷さんの入社を歓迎します」

沙羅が明るく笑った。

「……そうですか。ありがとう」

神谷は一瞬どきりとした。彼女の笑顔が、どこかソフィに似ているのだ。

「Ｚｏｏｍのテストを終わります。ＰＣのことで何かありましたら、メールでもＺｏｏｍでもお尋ねください」

沙羅は神谷に会釈（えしゃく）すると足早に部屋を出て行った。

６・同九月二十六日ＰＭ３：５０

午後三時五十分、スーツを着た神谷は西新宿の路地裏にある駐車場で、スマートフォンを見ているが、視線の先は通りに向けられている。

近くに区立の中学校の正門があり、下校中の生徒が通るのを見ているのだ。

「おっと」

神谷はサングラスを掛けて、駐車場を出た。小柄な陽平（ようへい）が、体格のいい三人の男子生徒に囲まれていたので、危うく見逃すところであった。一人は一八〇センチほど、後の二人も一七〇センチ近くあった。彼らの体型は陽平と親子ほどの差がある。

彼が住んでいるマンション〝フロマージュ新宿〟の管理人である横田（よこた）に、毎日電話を掛けて佐藤親子の様子を聞いている。

陽平は一昨日退院し、昨日から学校に行っているそうだが、学校から帰ってきた陽平の顔には痣（あざ）があったそうだ。管理人の横田が尋ねてみたが、彼は転んだと答えたらしい。そのため、真偽を確かめようと彼の下校時間を見計らって学校近くで待っていたのだ。

陽平は三人の男子生徒とともに広い通りを渡り、住宅街の一方通行の狭い道に入った。一番背の高い生徒は時折、ふざけた様子で陽平の頭や背中を叩いた。だが、陽平は小突かれながらも抵抗せずに、俯いたまま自宅方面に向かっている。

陽平の入院中に神谷は近隣住人を名乗り、彼へのいじめがないか学校に確認の電話をしていた。だが、部外者だからと質問には一切答えてもらえなかった。学校側としては、いじめっ子にもプライバシーがあるということなのだろう。せめて「対処しています」とか、「把握しています」という返答が欲しかった。否定もしないところに、暗に認めていると神谷は判断している。

神谷は彼らの会話が聞こえるように距離を縮めた。

「おい！　左の手首を切ったって、まさか自殺をしようとしたんじゃないだろうな。笑えるよ。馬鹿かおまえは？」

一番背の高い生徒が、陽平の肩に手を回してわざと声を上げて笑った。他の二人は、陽平らの姿を隠すように前後を歩いている。大通りを渡って、下校する生徒は他にいない。また、人通りの少ない路地に入ったために大声を出して、陽平を脅しているのだろう。

神谷はスマートフォンで動画を撮り始めた。学校側に対処させるには事実を認識させるのが一番である。

「いつまでも黙ってんじゃねえよ！」

背の高い男子生徒は陽平を突き飛ばし、足蹴にした。

ここで止めに入るのは簡単なことである。だが、神谷はスマートフォンでの撮影を続け、ぐっと我慢した。

「ここじゃ、まずいよ、尚ちゃん」

後ろを歩いていた生徒が、尚と呼んだ生徒の肩を押さえた。

「坂道の駐車場がいいよ」

先頭を歩いていた生徒も、周囲を見回しながら助言する。尚と呼ばれた男子生徒が、リーダーらしい。

神谷は近くに駐車している車の陰に隠れながら撮影を続けた。

彼らは五十メートルほど北に進み、坂道の途中にある工事現場の駐車場の奥へと入って行く。工事現場はフェンスで囲まれているが、駐車場は車止めが置いてあるだけである。フェンスは錆びつき、駐車場に車は停められていない。工事は何らかの理由でストップしているようだ。彼らはそれを知っており、陽平を連れ込んだらしい。

駐車場の奥には資材が積み上げられており、四人の中学生の姿はその向こうに消えた。尚と呼ばれた少年は、乱暴で歯止めが利かない性格のようだ。人気のない場所に行けば、何をするか分からない。

「まずいな」

神谷は頰の絆創膏を外すと、車止めを跨いで駐車場に足を踏み入れた。

「ふざけんな！　おまえは俺が言った通り、金を持ってくればいいんだ」

尚が陽平の胸ぐらを摑んで揺さぶった。

陽平は尚を睨みつけたまま、口を閉ざしている。

神谷はスマートフォンの動画を撮り終え、無言で彼らに近づいた。

「しょ、尚！」

見張りをしていた生徒が、神谷を見て慌てて尚に声を掛けた。

「なっ、なんだ」

声を裏返した尚は、神谷を見て陽平から手を離した。いきなりスーツを着たヤクザ風の男が現れれば、誰でも驚くだろう。

「何をしている？」

神谷は低いドスの利いた声で尋ねた。

「なっ、何もしていない。なあ」

尚は首を横に振ると、仲間に同意を求めた。

「おまえたち体格がいいじゃないか。名前は？」

神谷はわざと陽平を無視して、左の口角だけ上げて笑った。

三人の生徒は一斉に俯いた。

「背の高いのに聞いているんだ。俺に逆らうのか？」

神谷は声のトーンを下げたまま尋ねた。

「……時田尚吾（ときたしょうご）です」

尚吾は神谷の貫禄に圧倒されたのか、上目遣いだが素直に答えた。恐喝をしていたようだ
「うちの事務所に来ないか？　俺はスカウトマンをしているんだ。それぐらいしている
からな、見込みがある。教師を半殺しにするなり学校を燃やすなり、三年頑張れば幹部候補にしてや
んだろう。やってねえなら、これからしろ。中卒でも二、三年頑張れば幹部候補にしてや
るぞ」
神谷の言葉に、生徒らは顔を見合わせて首を横に振るばかりである。三人は人の目を盗
んでいじめや悪戯をする程度だろう。筋金入りの悪なら、陽平のような力の弱い生徒を陰
でいじめることはしない。
「おい！　俺が誘っているんだぞ。どうなんだ！」
声を上げた神谷は、近くの工事用のフェンスを蹴り上げて破壊した。ＳＡＴで実戦空手
の段を取っている。コンクリートブロックを破壊することもまだできるだろう。
「すっ、すみません。考えさせてください」
尚吾が直立不動の姿勢で答えた。他の二人は目に涙を浮かべている。
「そうか、考えてくれるか」
神谷はポケットからスマートフォンを出し、三人の顔写真を撮った。
「えっ、どっ、どうして？」
尚吾と仲間は、目を泳がせた。その場限りの返事をしたつもりだったのだろう。
「顔写真を撮っておけば、俺以外の者でも声を掛けやすくなるだろう。おい、おまえ、名

前を聞かせろ。おまえにもチャンスをやるぞ」

神谷は陽平の胸ぐらを摑んだ。

「佐藤、陽平です」

陽平は素直に答えたが、目が笑っている。神谷の演技の意図が分かっているのだろう。

「陽平、この三人の働きぶりを俺に報告しろ。こいつらがどれだけ悪さをしたか、俺に教える役目だ。この三人の将来はおまえ次第だぞ。分かったか」

「はい」

「だめだ。どうも信用できない。おまえの家に連れて行け。家を覚えたら、おまえも逃げようがなくなるからな。おまえたちは、帰れ。こんど事務所に顔を出すんだ。分かったな、逃げたら、顔写真をバラまくぞ」

神谷は尚吾らを追い払うように手を振ると、陽平の後ろ首を右手で摑んだ。

「しっ、失礼します」

尚吾らは神谷に頭を下げると、瞬く間に走り去った。彼らが今後、陽平にちょっかいを出す可能性はこれで低くなっただろう。悪さをしろと言われれば、逆にし難くなるものだ。彼らも家庭に何か問題を抱えているはずだ。神谷と接触したことで、己の行いを見直してくれればと思う。

「大丈夫か？」

神谷は陽平の肩を軽く叩いた。

「実は、尚吾に昨日も金を持ってくるように言われて殴られたんです。一週間前に千円渡したのが、間違っていた。今日は、もっと殴られると思って諦めていたんだ。あいつら本当に馬鹿ですよ。うちに余分なお金なんかないのに」

陽平は笑みを浮かべながらも、震えている。武者震いというのか、興奮が抑えられないのだろう。意外と根性があるようだ。自殺を図り、生死を彷徨ったことで吹っ切れたのかもしれない。

「そうか。だが、今日も学校に行ったなんて偉いぞ」

神谷は周囲を気にしながら駐車場から出た。尚吾らが見張っている可能性もあるからだ。案の定、三人は住宅の陰から様子を窺っている。

「見られている。ヤクザに連れられていくガキという設定だ」

神谷は陽平の首を摑むと、彼のマンションの方角ではなく、東に進んだ。小滝橋通りに出るとタクシーを止め、陽平を押し込むように乗り込む。

「どちらまで？」

運転手が険しい表情でバックミラーを見て窺っている。神谷が陽平を乱暴に扱ったので心配しているのだろう。

「大久保通りを右折して次の信号で降ろしてくれ」

適当に答えた。タクシーに乗ったのは、尚吾らをまくためである。

「はっ、はい」

運転手は首を傾げながらも、車を出した。会社方面に行くつもりだが、1メーターもない距離である。

「神谷さん、やっぱり、尚吾たちは尾けていたよ」

タクシーが走り出すと陽平は振り返って確認し、楽しげに声を上げた。

「お母さんに確認する必要があるが、晩飯一緒に食べないか？　奢るよ」

神谷は陽平に聞きたいことが沢山あった。彼はしっかりしているので、捜査に役立ちそうなことが聞けると思ったのだ。

「本当？　いつも晩ご飯は、一人で食べるんだ。お母さんが帰ってくるのは夜遅いから、連絡する必要はないよ」

陽平はよほど嬉しいらしく、快活に答える。

「了解」

神谷は複雑な思いで頷いた。

7・同九月二十六日PM7：00

午後七時、神谷は会社に戻った。

大久保通り沿いにあるファミリーレストランで陽平と食事をした後、彼を西新宿のマンションまで送ってきたのだ。

食後、陽平に差し障りのない範囲で借金のことを尋ねたが、あまり知らなかった。母親の久美は息子に心配をかけまいと、詳しく教えていないようだ。

だが、家まで押しかけてきた借金取りと思われる男の顔と名前は、克明に記憶していた。男が帰った後で、母親が男の名前をメモに残しており、それを後で見たそうだ。男は母に「田口」と名乗っていたらしい。だが、陽平は男の部下が下河辺と呼んでいるところを建物の陰から見ていた。男は偽名を使って母親を脅していたに違いない。

神谷は自室に戻ると、ベッドを隠すパーティション代わりに置いたホワイトボードを見つめた。三年前に起きた歌舞伎町の違法賭博の新聞記事を左端に貼ってあり、その下にホワイトボード用のペンで橋田紀彦・黄同國と書き込んである。

さらにその下に「二〇一六年八月六日、佐藤勝己自殺」と記入して、その新聞記事も貼り付けてあった。これまで、調べたことをホワイトボードに書き出したり、貼ったりしていた。欧米の警察ドラマでよく見るような、事件に関わる人物や出来事をボードに並べ、それを結びつけていく捜査方法を思い出してやってみたのだ。

日本の警察では行わないが、それというのも、部外者やマスコミ関係者が捜査本部に立ち入ることで捜査状況が漏れてしまうからだ。だが、記事やタイトルを時系列で表示することで事件の全体像が分かりやすく、捜査方針を立てやすいなど利点が多い。そもそも、神谷の自室で行うのだから問題はないのだ。

「うん？」

聞き慣れない電子音に神谷は振り返った。

机の上のノートPCである。着信音だったらしく、メールが届いていた。

「おっ」

メールを開くと、玲奈からであった。日が暮れて彼女が目覚めたらしい。

〝二〇一六年の歌舞伎町違法賭博事件の警察資料を送る。また、佐藤勝己に関する新たな資料は見当たらず、引き続き探す。もし、プリントアウトしたものが欲しいのなら、出力するので取りにきて。 by 玲奈〟という簡素な文章とともに、三つのPDFが添付されていた。警視庁のサーバーをハッキングしてダウンロードしたのだろう。昨日は犯罪行為だと憤ったものの、翌日に必要な資料が届くというのはこの上なく便利である。身勝手なようだが、認めざるを得ないようだ。

さっそく一つ目のPDFを開けてみた。

〝バー・ニュービクトリア〟の違法賭博に関する捜査報告書と逮捕された被疑者の供述調書である。また、被疑者はすべて裁判で有罪となっており、判決の結果がリストアップされていた。

捜査報告書によれば、二〇一六年七月十二日、歌舞伎町さくら通り、高木山ビル二階の〝バー・ニュービクトリア〟を違法バカラ賭博にて摘発と記されている。バーの経営者と従業員を五名逮捕、隠し部屋のディーラーを二名逮捕。いずれも警察の手入れで現行犯逮捕された。賭博場は、四月八日に開帳されており、約三ヶ月間行われていたようだ。

逮捕された七名の男の供述書は、申し合わせたように同じような内容である。また、七名の内、黄同國だけ保証金（保釈金）が支払われて保釈された。金を払ったのは、彼の妻となっている。

だが、保証金は二百万円となっており、黄同國の妻である橋田冴子（さえこ）は無職のため徳衛会が現金で用立てたのだろう。新たな賭博場を開帳するにあたってプロのディラーが必要だったために保釈させたに違いない。

二つ目のＰＤＦは、〝バー・カリビアン〟に関する資料だ。

二〇一六年十一月二十二日、歌舞伎町東通り、ニュー五十六（いそろく）ビル地下一階の〝バー・カリビアン〟を違法バカラ賭博にて摘発。バーの経営者と従業員を五名逮捕、隠し部屋のディーラーを二名逮捕。賭博場は、八月七日に開帳されている。黄同國は二度目の逮捕となった。

黄同國も含めて七名の供述調書は、八月に摘発された〝バー・ニュービクトリア〟の被疑者と同じく、コピーじゃないかと思うほどその内容は変わらない。彼らは逮捕された時にどういう供述をするのか、それぞれ役割分担によって内容も決められていたに違いない。

当然ではあるが、摘発を免（まぬが）れた花道通りの〝アバター・バー〟に関する資料はない。新宿明楽（めいらく）不動産の浜田（はまだ）の資料では、バーは二〇一五年十月に開店し、二〇一六年三月に閉店しているそうだ。

二つの違法賭博で一人だけ二回逮捕された黄同國を、検察が責任者であるとしたのも無理はないだろう。

「ほお」

調書に一通り目を通した神谷は、最後にプロフィールというPDFデータを開けて、目を丸くした。逮捕された関係者の経歴を収めたファイルである。本人の生年月日、本籍、学歴だけでなく親兄弟の経歴、逮捕歴まで詳細に記されていた。前科者とはいえ、プライバシーなどあったものではない。警察は被疑者をとことん調べ尽くすようだ。

バー・ニュービクトリアとバー・カリビアンの従業員は、全員徳衛会の組員であった。だが、鬼束が言っていたとおり、裏カジノは外注にしていたのか、黄同國も含めて三人のディーラーは組員ではない。

「こいつら初犯だな」

徳衛会の組員はみな前科があるが、二度逮捕された黄同國以外の二人に前科はなかった。情報を得るのなら、この二人だろう。

「待てよ」

二つの事件の裁判結果を改めてみると、バー・ニュービクトリアでは黄同國と石川和也(いしかわかずや)、バー・カリビアンでは松永拓実(まつながたくみ)だけが、初犯のために執行猶予付きの判決が出ている。

神谷はノートPCのキーボードを叩き、「カジノのディーラーである石川和也と松永拓実の所在は分かる？」と玲奈にメールを送った。二人の男は服役していないからだ。

すると、「日本カジノディーラーズ協会の名簿は調べたけど、リストにはない。他にどうやって、探すの？」とすぐさま返事がきた。どんな優れたハッカーでも、ネット上にない情報は調べようがない。当たり前のことである。

「愚問だったか」

神谷は苦笑すると、頭を掻きながら立ち上がった。服役中の黄同國は「俺のようなディーラーは、カジノでしか働けないんだ」と言っていた。日本には合法的なカジノは二〇一九年現在、存在しない。だから、違法賭博で働いたと言いたかったようだが、二人とも海外のカジノで働くべく出国したのか。

「待てよ」

神谷は手を叩くと、「日本に入出港する豪華クルーズ船の名簿を調べてくれませんか？」と玲奈にメールを送った。

外国船籍のクルーズ船にはカジノがあり、日本の沿岸十二カイリ（約二十二キロ）の領海に出れば、日本の刑法が適用されなくなり、カジノも合法化される。海外のカジノに行く必要もないのだ。

五分後、メールの返信がきた。

〝ビンゴ！〟というタイトルで、「英国船籍の〝プラチナ・クイーン号〟に二人はディーラーとして乗船している」と記されている。クルーズ船を所有する船会社を片っ端から調べたに違いない。

「よし！」

神谷は両手の拳を握りしめて叫んだ。

豪華クルーズ船

1・九月二十八日PM10：20

九月二十八日、午後十時二十分、横浜港大さん橋国際客船ターミナル。

神谷はスーツケースを提げ、ターミナルの出入国ロビーに入った。

一昨日の夜、神谷は三年前の歌舞伎町違法賭博事件の関係者で、堀の外にいる石川和也と松永拓実の情報を玲奈の協力で得ることができた。

二人とも英国のダイナミッククルーズ社所有の〝プラチナ・クイーン号〟で働いているということが分かっている。

この船は半年前から、アジアクルーズという企画で横浜と上海を片道三泊四日で往復しているようだ。また、最新のスケジュールは、二十八日の土曜日の午後十一時に横浜港を出港というものだった。

神谷は岡村にクルーズ船に乗り込み、二人を調べることを提案した。というのも、神谷は単独で府中刑務所の黄同國を昨日訪ねて、新たな情報も得ていたからだ。石川らは徳衛会に恐喝されないように、裏賭博の証拠を持っているはずだという。しかも、二人とも船暮らしをしているため、クルーズ船に持ち込んでいる可能性があるらしい。岡村に報告すると、一週間の有休が許可された。ただし、自腹ということなので、給料の前借りをした。

もし、裏賭博の顧客リストを手に入れれば、佐藤勝己の借金問題だけでなく、彼の不審死に繋がるような情報を得られる可能性もある。ここまで来たら徹底的に調べるつもりだ。

場内にプラチナ・クイーン号への乗船を促すアナウンスが流れた。神谷は他の乗客に混じって、出国業務が行われるＣＩＱ（Customs, Immigration and Quarantine）プラザに入る。プラチナ・クイーン号の乗船券をネットで予約し、ターミナルにあるカウンターで受付を済ませて乗船証（クルーズカード）を渡されていた。あとは出国手続きを終えるだけだ。

空港と違ってクルーズ船の桟橋は国内船も多いため、ＣＩＱプラザは海外へ出国する船が就航する場合だけ設けられる特別なエリアだ。金属探知機や荷物を調べる機器もその都度設置されるため、それらの機器は可動式になっている。

手荷物の検査を受けて出入国カウンターに立った。

「出入国を繰り返されているようですが、ご職業は？」

神谷のパスポートの出入国スタンプを見た審査官が訝しげに尋ねた。パスポートは来年が更新のため、スカイマーシャル時代の記録も残っている。海外での生活も長いため、普通ではないと思われても仕方がない。

「海外ツアーの添乗員として働いています。これでも五カ国語は話せるんですよ」

審査官の目を見て、英語とフランス語でも答えた。疑われたらいつも同じ説明をしている。数カ国語で受け答えができるので、それ以上問いつめられたことはない。

不審者を見つけるプロである審査官は、質問に対する反応を見ている。答えなどどうでもいいのだ。だが、神谷は数え切れないほど出国審査を受けているので、緊張することはまったくない。

「羨ましい。よい旅を」

笑顔になった審査官はパスポートを返してきた。

「ありがとう」

パスポートを受け取った神谷は、CIQプラザを出て乗船口に向かった。

「神谷さん！」

背後から聞き覚えのある男の声に呼び止められた。

「なっ！」

振り返ると、両手に荷物を持った貝田が駆け寄ってくる。

「どうして？」

立ち止まった神谷は首を傾げた。

「せっかくだから、一緒に乗りましょうよ。もうすぐみんなも来ますから」

貝田は興奮した様子で答えた。アロハシャツにジーンズ、それに妙なハンチング帽を被っている。帽子はともかく、明らかに観光旅行に行く格好だ。

「みんなって、どういうことだ？」

神谷は右眉を吊り上げた。

「それりゃ、社員全員ですよ。と言っても尾形さんは、先に乗船しています。ほら社長も来ました。遅いですよ、みんな」

貝田は振り返って、小学生のように手を振った。というか、今どきの小学生の方が冷めている。

岡村、外山が人混みから抜け出した。彼らの後ろに沙羅、今の時間帯だから玲奈かもしれないが、彼女も来たようだ。ジーンズにピンクのTシャツ、白いパーカーである。神谷に会釈して見せた。意外にも沙羅のようだ。

「貝田君、はしゃいで走るんじゃない」

岡村が額に滲んだ汗をハンカチで拭いた。日中は二十八度まで気温が上がり、日が暮れてからも二十五度もある。

「豪華クルーズ船に乗るんですよ。岡村は中肉中背だが、意外と汗かきのようだ。ワクワクが止まりません」

貝田は両手を鳥のようにばたばたさせた。

「いったい、どうしたんですか？」

神谷は岡村らを見て、腰に手を当てた。

「君が上海まで行くことになったことをみんなに伝えたら、羨ましがってね。それじゃ、一層のこと、社員旅行にしようということになったんだよ。乗船チケットを調べたら、十分な空きがあってね。いざ、出発だ」

岡村は神谷の肩を叩くと、乗船口に向かって歩き出す。呆気に取られた神谷は、岡村らの後ろ姿を見送った。

「神谷さん、行きますよ」

貝田が声を掛けてきた。

「ああ」

溜息を漏らした神谷も歩き出した。岡村とは何度か話す機会があったが、それでもまだ付き合いは浅いので彼の考えを理解するにはいたっていない。そもそも、上海行きのクルーズ船に乗るのに、自腹ならと岡村は有休扱いにしたはずだ。にもかかわらず社員旅行というのなら、その金はどうするのだろう。会社にそんな余裕があるとは思えない。

「ところで、彼女も旅行に行って大丈夫なのか?」

神谷は数メートル先を歩く沙羅に聞こえないよう、貝田に小声で尋ねた。彼女は他人の視線でさえパニックになるのだ。旅行どころか外出すら危険な気がする。

「外出するときは、抗うつ薬を飲めば大丈夫と聞いています。この船はカジノ船なんでしょう。賭け事は、彼女も含めてみんな好きなんですよ。それに、沙羅さんなら長距離の移動も可能なので、彼女は出発直前まで昼寝していたんです」

貝田は足取りも軽く、埠頭に設置されたカードリーダーに乗船証をかざすと、ＬＥＤが緑に点滅する。

「確認できました。どうぞ、お進みください」

カードリーダー脇に立っている制服を着た乗務員が、乗船口に架けられているギャングウェイ（タラップ）に行くように右手を伸ばして案内した。

「カジノは、俺も嫌いじゃないけどな」

神谷もカードリーダーに乗船証を軽くタッチし、チェックインする。これで、乗船名簿に自動的にリストアップされるのだ。

乗船証は扱う船会社やクルーズ船によっても多少の違いはあるだろうが、乗船客名、乗船客番号、客室番号、それに救命艇番号などが記入され、乗船するための最低限必要な情報が網羅されている。

また、大型のクルーズ船は磁気カードになっており、このカードで船内のすべての支払いができ、チェックアウトの際にまとめて精算することができる。

神谷はレセプションカウンターの前を通り、中央のエレベーターホールに着いた。岡村らもエレベーターを待っている。

「僕の客室番号は、内側の９１７５号室ですが、神谷さんは？」

貝田は手にしている乗船証を見て言った。船によって違うが、プラチナ・クイーン号の客室の奇数は左舷、偶数は右舷と決まっており、内側というのは、文字通り船の内側で窓もない客室である。窓がないため料金は安くなるので、客室は寝るだけと割り切っている客に意外と人気があるらしい。

この船の総トン数は、十三万九千百九十六トン、全長三百三十四メートル、乗客用デッキは5デッキから上の十三層、乗務員数は千八十八人となっている。このクラスのクルーズ船としては、平均的サイズといえよう。

客室は8デッキから13デッキ、それに5と15と16デッキの一部にあり、総数千七百五十室、乗客定員は四千三百四十二人である。

「俺は内側の9165号室だ。近いな」

このツアーは上海までの三泊四日の片道で、帰りの便も翌日に出向する同じクルーズ船で横浜まで帰ることができる。むろん飛行機の方が早く帰れるのだが、神谷は一番安い一万八千円で往復申し込んでいた。部屋代と食費、運賃も込みのため飛行機よりはるかに安いのだ。

エレベーターに乗り、9デッキで他の乗客に混じって911のメンバーが全員降りた。

驚いたことに、外山の部屋は神谷の隣りの9169号室、その隣りは9175号室で貝田の部屋である。岡村は廊下を隔て（へだ）て向かい左舷のベランダがある9167号室であった。

「そういえば……」

神谷は苦笑した。岡村に乗船チケットの予約は、事務の沙羅に任せれば簡単と言われ、頼んでいた。彼女は岡村から、同時に他の社員の分も予約するように頼まれていたに違いない。いくら空室があるからといって、まとめて予約できる場所がそこここにあるとは思えないからだ。

「そういうことです」

ぼそりと言った沙羅が神谷の傍（そば）を通り抜け、岡村の隣室である9171号室のドアを開けた。

「だよな」

苦笑した神谷は自室のドアノブの下にあるスリットに乗船証を差し込み、ドアロックを解除した。

2・九月二十九日AM6：55

翌日の朝、スポーツウェア姿の神谷は、自室を出てエレベーターホールに向かった。

チェックインした9165号室は、十六平米のシャワー付きバスルームのダブルベッドルームで、冷蔵庫はないがミニバーやテレビが完備されており、簡素なビジネスホテルという感じである。豪華クルーズ船の中でも一番安いプランだけに飾りっ気はない。寝るだけなら充分だが、窓がないため三泊四日が限界だろう。

「神谷さん」

エレベーターを待っていると、廊下を小走りにやってきた沙羅が声を掛けてきた。昨夜と違って色の薄いサングラスを掛け、服装も萌黄色のタンクトップに白いジーンズを穿（は）いている。それに声のトーンが高いので、彼女と分かった。

「おはよう」

神谷は沙羅をちらりと横目で見ると、エレベーターのドアを見つめた。

「私のことをそんなに警戒しなくて大丈夫ですよ。お薬を飲んでいますから。食事に行かれるのなら、一緒に行きませんか？」

沙羅は笑顔で尋ねてきた。

「そうだね」

神谷はちらりと腕時計を見て頷いた。午前七時になろうとしている。いつもならジョギングをしている時間だが、寝過ごしてしまった。そのため、16デッキにあるウォーキングトラックで軽く汗を流すつもりだったのだ。だが、沙羅と話す機会も普段ないため、断る手はない。

二人は5デッキまで降りて、レセプションエリアの向かいにあるオーシャン・レストランに入った。モーニングは6デッキにあるレッド・ダイニングでも食べられるが、ビュッフェスタイルのオーシャン・レストランを選んだのだ。モーニングに関してはツアーの料金に含まれているので、どちらのレストランで食べても、二つのレストランで食事しても超過料金は取られない。

トレーに料理を盛った皿とコーヒーを載せた神谷は、右舷側の窓際にあるテーブル席に座った。沙羅はまだフードコーナーで物色している。意外と種類も多く、デザートも充実しているので迷っているのだろう。

「お待たせしました」

数分後に沙羅が向かいの席に座った。ミルクとオレンジジュース、フランスパン、オムレツにサラダ、それに主食より多い果物とデザートがトレーに載せられている。

「いい天気だね」

神谷は窓の外を見た。右舷に陸地が見えるかと思ったが、視界に入るのは水平線だけである。だが、青空を映し出す紺碧の海が朝日に煌めいて美しいので文句はない。

「今、どの辺でしょうか？」

サングラスを外した沙羅も窓の外を覗き、尋ねてきた。彼女の瞳は、透き通った美しい茶色である。一般的な日本人よりも、虹彩の色素が薄いかもしれない。

「巡航速度は二十四・二一ノット（時速約四十四・八キロ）と聞いているが、東京湾を出る際の航行スピードを考えれば、おそらく、知多半島沖あたりのはずだ」

プラチナ・クイーン号は昨日の午後十一時に出港しているため、単純に計算するのなら三百五十八キロ進んだことなる。だが、東京湾から相模湾を抜けるのにスピードは抑える必要性から、数十キロ手前だと判断したのだ。

「すごい！　やっぱり神谷さんは、頭がいいんですね」

沙羅はなんとも言えない愛くるしい笑顔を浮かべた。彼女を見ている限り、過去に虐待を受けたという陰は感じられない。この汚れのない笑顔を守るために、玲奈や他の人格が現れて両親の暴力から彼女を必死に守ったのだろう。

「……そんなことはないよ」

神谷は苦笑すると、窓の外に視線を戻した。ソフィの屈託のない笑顔が脳裏を過り、沙羅の笑顔と重なったのだ。

ソフィも孤児院で育ったと聞いた。赤ん坊の頃、孤児院の前に捨てられたために、実の両親を知らないそうだ。だが、四歳の時に里親に引き取られたらしい。愛情深い夫婦で、彼女の他にも二人の孤児を引き取って育てたという。

里親には実の子も二人いて、五人兄弟として仲良く賑やかに過ごしたらしい。また、里親は実子と里子を差別することなく育てたそうだ。

ソフィは里親に恩返しのつもりで勉学し、奨学金を貰って大学まで進学して数学の教師になった。彼女は、自分が不幸せだと思ったことは一度もないと言っていた。そんな彼女が、テロリストに命を奪われたのだ。

神谷はテロリストの後を追うように、銃撃されたピザ店に飛び込み、血の海になった店内で彼女を見つけ出した。胸に複数の銃弾を受けて息絶えたソフィの顔は、瞳こそ暗くなっていたが、嘘のように安らかだった。

彼女を抱きかかえてどれだけの時間が経過したかは、定かではない。駆けつけた警察官に呼びかけられて、はじめて現実に気が付いた。質問をされて何を答えたのか、その後の記憶は曖昧である。自分の信じていた愛や正義が凶弾によって粉々に吹き飛ばされた。今の自分は、はたして何を探し求めているのだろうか。

「神谷さん？　どうしたんですか？」

「……うん？」

沙羅の声で我に返った。

「悲しいことを考えていたんですか？」

彼女は心配げに見ていた。

「えっ、どうして？」

神谷は両眼を見開き狼狽（うろた）えた。まるで心の奥底を読まれた気がしたのだ。

「だって、神谷さんの瞳の奥に悲しい思い出が浮かんでいたような気がしたの」

沙羅は神谷の瞳を覗き込むように見ている。

「ただ、考え事をしていたんだ。なんでもないよ」

神谷は軽く首を横に振り、トーストにバターを塗った。沙羅を見ていると、なぜかソフィを思い出してしまったのだ。彼女のことを考えないようにしている。記憶が蘇（よみがえ）るとどうしようもない脱力感を覚えるからだ。

スマートフォンが鳴り、メッセージが届いた。沙羅のスマートフォンも反応している。

「社長からです。『午前十時に打ち合わせをしたい』だそうです」

沙羅が自分のスマートフォンに届いたメッセージを読み上げた。

「私のところにも届いている」

神谷は「了解」とメッセージで返事をすると、トーストにかじりついた。

3・同九月二十九日AM9：58

午前九時五十八分、神谷は岡村の9167号室のドアをノックした。

「おはようございます」

眠そうな顔をした貝田が、ドアを開けた。浮かれ過ぎて夜更かししたに違いない。

「おはよう」

神谷が右手を軽く上げて部屋に入ると、

「おはようございます」

ソファーに座っていた外山が立ち上がって頭を下げた。

二十平米あるオーシャンビューのバルコニー付きの部屋だけに、神谷の部屋よりゆとりがある。

「おはよう」

電子タバコを咥えた岡村が、バスルームから出てきた。水を流す音が聞こえなかったので、煙草を吸っていたのだろう。どこのクルーズ船でも一部の指定エリアを除き、全てのパブリックエリアと客室とバルコニーは禁煙となっている。

「おはようございます」

神谷が会釈すると、頷いた岡村はソファーに座るように右手を前に出し、おもむろにテレビ台の前に立てかけてあるタブレットPCの画面にタッチした。

——おはようございます。

タブレットPCの画面に沙羅の顔が映り込んだ。彼女はビデオ会議システムで参加するらしい。二十平米と言っても、むさくるしい男が五人も集まれば、彼女のストレスが高まるからだろう。賢明な処置である。

「全員揃(そろ)ったようだな」

岡村は窓際にあるダブルベッドに座った。

「尾形さんは？」

神谷は出入口近くに立つ貝田の顔を見た。尾形は先に乗船したと昨夜聞いているが、会っていない。

「その件も含めて、これから話そうと思っていた」

岡村はスイッチの入っていない電子タバコを咥えたまま言った。

貝田も外山も頷いているので、尾形が不在であることに疑問はないらしい。そもそも岡村らは社員旅行と称してクルーズ客船に乗ってはいるが、社を挙げて神谷の捜査に参加しに来たに違いない。

「尾形君が、昨夜、我々より先に乗船したのは、ダイナミッククルーズ社の社員として働いているからだ」

岡村は電子タバコを右手に持ち、神谷を見て言った。

「潜入捜査ですか？」

神谷はタブレットPCの沙羅をチラリと見た。彼女ではないが、玲奈がかかわったと思ったからだ。岡村らが船に乗り込んできたので、尾形のことを聞いてもいまさら驚かない。

「その通りだ。もちろん正式採用されたわけじゃない。篠崎君が、ダイナミッククルーズ本社の人事部長を装い、尾形君を横浜で乗船させて勤務させるように船長と総務担当にメールしたのだ。石川と松永の二人を監視するために、彼の職場は6デッキの〝スターゲート・カジノ〟にしてある。尾形君ならこちらでお膳立てすれば、職場での人間関係を簡単に構築し、石川らを監視する態勢を整えてくれるはずだ」

岡村は自信ありげに言うと、この船のパンフレットの船内案内図を開いて見せた。

「ほお」

神谷は小さく頷いた。事前にこの船について資料で調べ、乗船してからも乗客が入れるエリアはくまなく歩いて自分の目で確かめている。石川と松永を監視するのなら、カジノの客か、従業員になるのが一番だと思っていた。

「〝スターゲート・カジノ〟の営業時間は、今日は午前十一時から午後十一時まで、明日は午前九時から、翌日の午前二時までとなっている」

岡村は船内ニュースで営業時間を確かめたのだろう。

「シフトがあると思いますが、石川らの交代時間に合わせてあるんですか？」

神谷も営業時間は把握しているが、従業員のシフトまでは分からない。

カジノの営業時間は、航路と関係している。プラチナ・クイーン号は午後十一時近くに九州に近付き、鹿児島と屋久島間の海峡を抜けて完全に日本の領海の外に出るのに数時間を要する。その間、日本の法律上の問題でカジノ営業はできなくなるのだ。

上海到着は、現地時間の午前七時半になっている。日本との一時間の時差を考えれば、屋久島を抜けて九州沖から上海までの約七百七十キロを約三十時間かけて航行することになる。船速を十六ノット（時速二十九・六キロ）まで落とし、カジノの営業時間を稼いでいるのだ。

世界中に豪華クルーズ船が就航している理由の一つに、カジノ営業がある。格安のプランでも豪華な船旅ができるのは、客がカジノで落とす金があってこそなのだ。

「尾形君の情報では、石川と松永はバカラのディーラーで、二人が同時にカジノに立つことはないようだ。だが、シフトはカジノの責任者が直前に決めるらしい。問題は彼らが二人部屋で寝起きをともにしていることだ。ひょっとしたら隠し持っている徳衛会の賭博情報を守るために、二人は交互に働いているのかもしれない」

岡村は腕組みをして答えた。

「用心深い連中ですね」

外山も岡村と同じ格好で唸った。

「二人の部屋をなんとか調べたいですね」

神谷は岡村を見て言った。打ち合わせと言っているが、作戦会議なのだろう。勿体ぶっているが、岡村には何か計画があるはずだ。

「そのために、全員で乗り込んだんだよ。外山君、神谷君に説明してくれ」

岡村は立ち上がると、右手で外山を示した。

「私から説明するんですか？」

外山は急に振られたために戸惑っているようだ。

「この際だ。お互いの能力を知っておいた方がいい。改めて自己紹介するつもりで、説明してくれ。それに神谷君は現役の警察官じゃないし、今は正社員で仲間なんだ。隠し事はしない」

岡村は諭すように言った。

「分かりました。実は、私はウカンムリで二回喰らっています。これでも名の通った相手屋師なんですよ」

外山は小さな溜息を吐くと、神谷に体を向けて言った。「二回喰らった」というのは前科二犯ということだ。

「相手屋師？」

ウカンムリは警察用語というか隠語で、窃盗のことである。だが、相手屋師は聞いたことがない、捜査課の刑事なら知っているのかもしれない。

「随分古臭い言い方をするな。神谷君が戸惑っているじゃないか。刑事は〝アイチャン〟と呼ぶ。相手屋師はその元の言葉なんだ」

岡村は苦笑しながら説明した。〝アイチャン〟は隠語でスリの意味だ。

「昨今のスリは、節操もなくナイフや剃刀なんか使うもんで、下衆な連中と一緒にされたくないんですよ。相手屋師の職人技は、芸術だと思っています。だから相手屋師の仕事では一度も捕まっていません。二回臭い飯を食ったのは、空き巣でゲソを取られたからです」

外山は胸を張って言った。ゲソとは足跡のことである。

「なるほど」

神谷は両眼を見開いて頷いた。元窃盗犯でスリの名人が、セキュリティのコンサルタントをしているというのだ。感心せざるを得ない。

「貝田君のことはすでに本人から聞いていると思うので省くが、尾形君の前歴は私から説明しよう」

岡村は電子タバコのカートリッジを取り替えて、また口に咥えると話し始めた。水蒸気が出ていないので、スイッチは入れていないのだろう。

尾形は超がつく一流の詐欺師で、億単位の詐欺事件で二回服役している。いずれも彼の手下のミスで、事件が発覚したようだ。その気になれば、今でも巨額の資金を動かすことができるらしい。だが、岡村の下で働く以上、悪事には一切加担しないと誓っているという。

得意技は手品だそうだ。他人を騙す際に話術だけなく、トリックも使うらしい。彼は詐欺の技を磨くために大学院で心理学を学び、博士号を取得している。また、仕事の傍、沙羅の経過観察をしているそうだ。そのため、仲間から〝ドク〟と呼ばれているらしい。他人を騙すことに特化しているため、潜入捜査を任されたというわけだ。

「ちなみに、神谷君がSATの隊員だったことと、多言語会話ができることは、みんなに伝えてある。勝手に君の経歴を話したことを謝罪する」

岡村は律儀に立ち上がって頭を下げた。スカイマーシャルだったことは話していないようだ。

「いえ、私だけ言わないのはおかしいですから」

神谷は慌てて腰を上げて右手を振った。

「この会社の社員は、家族と同じだ。隠し事はなるべくなくそう。そういう意味で、神谷君は家族に仲間入りをした」

岡村の言葉に、貝田らは大きく頷いて見せた。

「あらためてよろしくお願いします」

神谷は立ち上がり、深々と腰を折った。家族と言われて照れ臭かったが、岡村の言葉が妙に心に響いたのだ。

「こちらこそ」

貝田と外山が、慌てて頭を下げてきた。

「話が逸れてしまったが、捜査の手始めとして、外山君に石川らの乗船証をスリ取ってもらう」

岡村は神谷らの態度を見て、満足げに言った。

「スリ取る必要があるんですか？」

神谷は首を捻った。数年前なら分かるが、今は〝スキマー〟と呼ばれるカードの磁気ストライプに書き込まれている情報を読み取る装置がある。そのため、この装置を使った〝スキミング〟という手口で、クレジットカードの情報が盗まれるという被害が絶えない。

「スキマーを使えばと言いたいのだろう。確かにそれが使えれば、石川らに近づくだけでスキミングできるので問題はない。実際、器具も持ち込んでいる。だが、この船の乗務員は、乗船証をスキミングガードケースに入れて持ち運ぶことが義務付けられているのだ」

岡村は低い声で笑った。神谷が心配するようなことは、とっくに知っていると言いたげだ。一課の係長までしていただけに、捜査に手ぬかりはないということだろう。

「なるほど。お任せします」

苦笑した神谷は、右手を後頭部に当てて頷いた。

4・同九月二十九日PM7：50

午後七時五十分、いつもの大きな絆創膏を頰に張った神谷は、スターゲート・カジノでブラックジャックをプレーしていた。

このカジノは、四台のルーレットテーブルを中心に、左右に五台ずつカードゲームのテーブルが配置され、通路を挟んで右舷と左舷の両側に二重にスロットマシンが並んでいる。

船内カジノとはいえ、天井からシャンデリアがぶら下がり、バニーガールの姿もある。雰囲気はラスベガスのカジノのように本格的だ。

神谷はポーカーも好きだが、ブラックジャックをあえて選んだのは、隣りのバカラのテーブルで石川がディーラーとなっているからだ。彼のシフトは三時間交代で午後五時から午後八時までとなっており、交代要員である松永がすでに彼の背後に立っていた。

すぐ近くのルーレットテーブルで貝田も監視しながら遊んでいる。また、尾形も黒のスーツに蝶ネクタイという格好で近くを歩いていた。彼はカードテーブルのマネージャーとして働いている。

カジノにはカードやルーレットなどエリアごとにマネージャーがおり、彼らを統括するピットマネージャーがいる。この船内カジノでもルーレット、カード、スロットにそれぞれエリアマネージャーがいたのだが、尾形が新たにカードマネージャーとして入り、カードのみ二人体制になった。

玲奈が作成した偽のメールだが、会社としてカードゲームに力を入れたいので、マネージャーを追加したという内容を送っている。そのため、尾形は船長だけでなくカジノの同僚からも問題なく受け入れられている。

また、彼は英語も堪能で詐欺師として豊富な知識を持っているため、カードゲームのマネージャーに就いても堂々としていた。

胸元が開いた白いシャツに黒いベストを着た女性ディーラーが、カードを配った。〝ズー・ハン／チャイナ〃と記されたネームプレートを制服の胸元に付けた中国美人である。この船は英国籍で船長も英国人だが、アジアの港を巡回する航路に就いているため、日本人を筆頭にアジア系の従業員が多い。石川らが就職できたのもその辺の事情があるのだろう。

ズー・ハンのカードはハートの10と、もう一枚はディーラーのため伏せてある。神谷のカードはスペードのKとダイヤの5で、合計は十五。この場合、安全策を取るのなら、スタンドでカードを止めるべきだろうが、神谷はヒットさせた。

　ズー・ハンは新たなカードを神谷の手元に置いた。クラブの5、これで二十、まずまずと言える。これで、スタンドだ。

彼女は自分の伏せてあるカードを開いた。スペードの6である。ディーラーは17になるまでカードを捲る決まりがある。彼女のこめかみが微かに動いた。分が悪いと悟っているのだ。だが、表情を変えずに神谷の目をじっと見つめながらカードを捲った。

このテーブルは〃エクスクルーシブ〃といって、最低の賭け金が五ドルからとなっており、神谷は五十ドル賭けている。三十分ほど遊んでいるが、神谷は五百ドルほど勝ち越していた。スカイマーシャルだったときに、他人の表情から心理状態を分析するという訓練を受けている。その副産物として、カードゲームは強いのだ。

彼女の三枚目のカードはクラブのK、合計二十六〃ブタ〃である。優れたディーラーは配るカードの順番は分かるものだ。もっとも、神谷もある程度は把握している。運だけではカードゲームは勝てない。

「あなた、強いね」

ズー・ハンは片言の日本語で言った。

「そろそろ降りるよ。楽しかった」

神谷は中国語で言うと、百ドル分のチップをテーブルに置いて立ち上がる。タイミングよく石川が、席を立ったのだ。

「ありがとう!」

ズー・ハンは満面の笑みを浮かべた。カジノで勝った場合のチップの目安は、十パーセントと言われている。だが、単純に楽しかったので、礼をしたまでだ。

石川がテーブルを離れ、ディーラーの席に松永が座った。

「ターゲットが動いた」

神谷は、左耳に押し込んでいるブルートゥースイヤホンの通話スイッチをタップした。ポケットに忍ばせた小型の無線機と繋(つな)がっている。捜査に必要な機材は貝田らが神谷の分も含めて持ち込んでいた。

——了解。

少し離れた場所にあるスロットマシンで待機している外山からの返事だ。

石川はディーラーの制服を着ているので、寄り道はしないでエレベーターホールに向かっているのだろう。クルー専用エレベーターのほかに階下に通じる乗務員用のドアもあった。石川らの部屋は右舷内側の４０３８号室でどちらかというと船首に近い位置にある。

　貝田も足早に動いた。

　神谷はさりげなく、石川の後ろを歩く。彼は一六四センチほどの身長だが、胸板が厚く首回りも太い。船上生活で運動不足にならないよう、ウェイトトレーニングでもしているのだろう。

　先回りしていた外山が、石川とぶつかった。

「失礼！」

　外山が慌てて頭を下げた。

「いや、こちらこそ。大丈夫ですか？」

　石川は苦笑を浮かべた。外山がぶつかった拍子に足元をふらつかせたからだ。

「すみません。カジノははじめてで」

　外山がまた頭を下げ、その後ろを貝田が通り過ぎる。

「そうですか。カジノをお楽しみください」

　石川も会釈をしてエレベーターホールに向かう。

　神谷は外山とすれ違い、ケースに入った乗船証を受け取る。

　外山は石川とぶつかった際に彼の乗船証をスリ取り、石川と話をしながらケースから出した乗船証を背中に回して左手に持っていた。貝田は小型のスキマーを隠し持っており、外山とすれ違い様に石川の乗船証をスキミングしたのだ。

めた。

「待ってください」

神谷は、スタッフオンリーと記された非常階段のドアのノブに手を掛けた石川を呼び止めた。

「はい？」

石川が首を傾げながら振り返った。

「これ、落とされましたよ。あなたのじゃないですか？」

神谷は乗船証が入ったカードケースを差し出した。

「あれっ？」

石川は慌ててジャケットのポケットに手を突っ込んだ。

「さきほど、おのぼりさんとぶつかったでしょう。その時、落ちたのを見たのです。あなたのだと思いますよ」

神谷は背後でうろついている外山を指差し、石川にケースを渡した。外山は落ち着きのない様子で、ルーレットテーブルを覗いている。実に上手い芝居である。

「本当だ。ありがとうございます」

石川はケースから乗船証を出して両眼を見開いた。

「よかった。クレジットカードでも入っていたらと思って焦りましたよ。なんせ、カジノで落としたら、どうなるか分かりませんから」

神谷は首を横に振った。スキミングガードケースはプラスチック製で、ぱっと見にはただのカードケースにしか見えない。

「始末書ものでした。ありがとうございます」

石川も屈託なく笑って頭を下げる。違法賭博の前科があるとは思えない、人の好さそうな顔をしている。

「それじゃ」

神谷は右手を軽く振って、立ち去った。

5・同九月二十九日PM8：10

午後八時十分、スターゲート・カジノを引き上げた神谷は、貝田と外山の二人と岡村の部屋に戻った。

「ご苦労さん」

ソファーに座り、ハードカバーの本を読んでいた岡村が顔を上げた。

「作戦通りでした」

貝田はジャケットに隠し持っていた小型のスキマーを取り出し、岡村の前に立って報告した。

作戦は石川と松永の交代時を狙って、その三十分前である午後七時半から開始された。彼らの交代は三時間置きなので、それ以前にもチャンスはあったのだが、玲奈のバックアップが必要なため、彼女が目覚める午後七時以降に開始されたのだ。

昨日は昼寝させることで夜遅くまで沙羅を覚醒させ、二時間ほど玲奈は目覚めていたらしい。だが、今日は朝から沙羅が通常の生活時間に活動しているため、玲奈もいつもの時間に起きている。

「すまないが、神谷君が篠崎君にスキマーを届けてくれるかな。彼女から先ほど連絡があったんだ」

岡村は本を閉じると、ポケットから電子タバコを出した。

「あっ、そうですか。僕としては助かりますが、大丈夫ですか？」

貝田が神谷にスキマーを差し出してきた。彼は玲奈が苦手らしい。間近で神谷に放った彼女のパンチを見てから、かなり警戒しているようだ。それに尾形も鼻に肘打ちを喰らって以来、今まで以上に気を使っているという。

「私は構いませんが……」

神谷は首を捻った。朝、沙羅と食事がてら一時間ほど過ごした。それほど深い話をしたわけでもなく、打ち解けるというほど仲良くなったわけではない。だが、彼女にとって男性と二人で食事をしたことに意味があったようだ。不安障害でもある自分が、男性と二人で食事をするなど、これまで考えられなかったと言っていた。それを彼女が玲奈に伝えたのだろう。

「さっそく、行ってきてくれ。できれば、カジノの営業時間中に仕事を終わらせたい」

岡村は立ち上がると、神谷の肩を叩いて催促した。貝田や外山と目が合うと、彼らはしきりに頷いている。自分に鉢が回らなくて良かったということらしい。

「了解です」

神谷は気軽に返事をした。玲奈を恐れる理由はない。部屋を出て、隣りの９１７１号室のドアをノックした。

「どうぞ」

沙羅よりもトーンが低い玲奈の声が返ってくる。

「今晩は」

神谷は間抜けな挨拶(あいさつ)をした自分に舌打ちしながら部屋に入った。作戦をはじめる前には玲奈も目覚めており、岡村のタブレットＰＣで顔を合わせているのだ。彼女に対して気兼ねしていないつもりでも、やはり気を使っているらしい。

玲奈はソファーの前に置かれた折り畳みテーブルに向かって作業をしていた。テーブル上には、二台のノートＰＣと外付けのハードディスクのような小型の機器が載せてある。テーブルは貝田と外山が両手に荷物を持っていたので、彼らが持ち込んだのだろう。

岡村の部屋と対称構造になっており、デザインも同じだ。バルコニーの窓が開けられており、気持ちのいい潮風が吹き込んでいる。

「スキマーをテーブルの上に載せて」

玲奈が右の人差し指で示した。朝見た時と違って、黒い長袖のＴシャツと黒いジーンズを穿いている。

「ここでいいかな」

神谷はスキマーを右側のノートPCの横に置いた。小型の機器は、このノートPCと繋がっている。

「ありがとう」

ちらりと神谷を見た玲奈は、右側のノートPCにスキマーをUSBケーブルで接続した。礼は言ったものの、笑顔のサービスまではない。

「それじゃあ」

神谷は回れ右をした。居づらいこともあるが、仕事の邪魔になると思ったからだ。

「待っていて、せっかちね、まったく」

玲奈は呼び止めると、舌打ちをした。

「えっ」

神谷は振り返った。口調が、男のものではなくなっている。

「カードデータは読み取れているわね。今、白カードにコピーするから」

パソコンの画面を見ながら玲奈は面倒臭そうに言うと、ソファーの上に載せてあったバッグの中から印刷がされていない白い磁気テープ付きプラスチックカードを出し、小型の機器に差し込んだ。

「なるほど、カードライターか」

神谷は己の勘の悪さに苦笑した。乗船証のデータをスキミングしてきたのだから、それをコピーするのなら当然のごとくカードライターが必要である。また、石川の乗船証のデータをコピーしたカードを貰うのは当然であった。危うく子供の使いになるところである。

「出来たわ」

玲奈はカードライターから磁気カードを引き抜いた。

「ありがとう」

神谷は右手を差し出した。磁気カードを受け取れば、とりあえず用事はすむはずだ。

「困ったことがあるの」

玲奈はカードを渡しながら言った。

「私で役に立つかな？」

神谷は磁気カードをポケットに入れて聞き返した。

「カジノの作戦中の無線をこの部屋からモニターできなかった。聞き取れるけど、雑音が多すぎる。だから、ここからじゃ、私はみんなのバックアップができない」

玲奈は不満げに言った。

「船は鉄の構造物だから、無線の電波が通じ難いんだろう。まして、クルーエリアは5デッキより下の階層だから、ほとんど通じないだろうな。5デッキなら大丈夫かもしれないけど」

「5デッキ？　それよ！」

神谷は腕を組んで唸った。こればかりは、神谷ではどうしようもないことである。

声を上げた玲奈は、左側のパソコンのキーボードを叩いた。画面に一瞬だが、ダイナミッククルーズ社の名前が出た。会社のサーバーに侵入したらしい。

「あった！　船首エレベーターホールに近い左舷5003号室が空いている。ここを借りよう」

玲奈はプラチナ・クイーン号の空室情報を見て手を叩いた。バッグから新たな磁気カードを取り出してカードライターに差し込むと、今度は右のノートPCのキーボードを叩く。

「まさかとは思うが、5003号室用の乗船証を作っているのか？」

神谷はパソコンのモニターを覗き込んだ。彼女は勝手に部屋を使うつもりらしい。

「エッチね。見ないで」

玲奈はジロリと神谷を睨みつけた。だが、口調は柔らかいので、さほど怒っていないようだ。

「待ってくれ。石川の乗船証をコピーするのに苦労したのに、部屋番号さえ分かれば、他の乗船証を偽造することができるのか？」

「乗務員と乗客の乗船証のコードは違うの。もっとも、一度乗務員の乗船証からコードを抜き取れば、コピーも改変も簡単。今、私がやろうとしているのは、客室を開けるマスターキーを作る作業よ。こんなのは、自分の乗船証の情報だけで充分作れるわ。ただし、この船のサーバーの空室情報も書き換えないとだめだけどね」

玲奈は短い息を吐くと、カードライターから磁気カードを抜き取り、二台のパソコンの電源を落とした。

「今から、移動するのか？」

念のために尋ねた。

「もちろん。荷物を持って」

玲奈は、バッグに二台のパソコンを詰め込んで渡してきた。

「仰せの通りに」

苦笑した神谷は、バッグを肩に担（かつ）いだ。

6・同九月二十九日PM8：40

午後八時四十分、5003号。

神谷と貝田は、この船の作業員と同じブルーのつなぎを着ている。

玲奈は窓際のベッドの上に胡座（あぐら）をかいて、二台のノートPCを操作していた。彼女が作った電子キーで問題なく入室できたのだ。

「ヘルメットを被ってみて」

玲奈がパソコンの画面を見たまま言った。

「了解」

神谷は手に持っていた小型ビデオカメラが仕込まれたヘルメットを被った。カメラは白いビニールテープでとめてあり、一・五センチ角と角砂糖ほどの大きさなので一見しただけではカメラとは認識できない。

「なんだか、これって、スパイ映画みたいですね」

貝田はヘルメットを被り、頭を振った。

「頭を振るな、貝田！　映像がブレるだろう。おまえは、ストレスになるから、一切口を聞くな！」

玲奈が怒鳴り声を上げた。

「すっ、すみ」

貝田は謝ろうとして、慌てて口を塞いだ。

「二人とも問題ない。正常に動いている」

玲奈はパソコンのモニターを見ながら言った。

小型ビデオカメラはＷｉ－Ｆｉ対応のため、船内のＷｉ－Ｆｉを使って彼女のパソコンでリアルタイムに撮影した映像をみることができる。小型ながら連続三時間撮影できるらしい。また、別のノートＰＣには船内の監視カメラの映像が映し出されていた。

玲奈は船内のコンピューターのセキュリティを破り、あらゆるコントロール装置をハッキングしたそうだ。監視カメラだけでなく、極端な話、船の操舵も可能だと言う。信じ難い話ではあるが、彼女は自信ありげに言っていたので間違いないのだろう。

「装備は？」

ニトリルの手袋を嵌めながら神谷は、貝田を見て尋ねた。

彼の足元に置かれている工具箱には、貝田が作った麻酔ガス発生器と工業用の防毒マスクなどが入っている。セボフレンという手術で使われる吸入麻酔液が仕込まれた機器で、麻酔ガスを自動的に発生させるらしい。だが、大量に発生させると危険なため、意識が朦朧とする程度のガスを噴出するそうだ。

神谷らは4038号室に麻酔ガス発生器を投げ込んで、休憩中の石川を酩酊状態にする。その隙に部屋を探り、同時に彼のスマートフォンと強制的にペアリングすることで情報を盗み出すつもりだ。

麻酔ガスは室内の換気扇で十数分後には消滅するらしい。また、石川自身も三十分後には覚醒するそうだ。神谷らは五分を限度として立ち去るために姿を見られたとしても、石川は幻覚、あるいは夢だったと思うに違いない。

外山からの情報であるが、貝田が逮捕された理由は趣味で時限爆弾を作っていたためらしい。爆弾を作っては、河原で実験をしていたのを通報されたそうだ。スパイ映画〝007〟シリーズで使われるような小道具を作るのが趣味で、主人公のボンドが使う武器や装備を製作していた技術者を真似て自称〝Q〟と言っているらしい。

セボフレンをどこで手に入れたのかという疑問はあるが、あえて質問はしなかった。医療関係者でもないため、違法な手続きで手に入れたに違いないからだ。違法行為に目を瞑るのなら、聞かないことである。

神谷らが石川の部屋を調べている間、岡村と外山は5デッキのレセプションエリア近く、右舷側にあるフリードリンクのコーナーで、不測の事態に備えて待機することになっていた。また、尾形はスターゲート・カジノで松永の監視を続けている。

貝田は工具箱を確認し、オーケーだと右手で合図をした。

「バックアップよろしく」

神谷は振り返って玲奈に言った。

「任せて」

玲奈はモニターを見たまま答えた。貝田がいるせいか、見向きもしない。

「行くか」

苦笑した神谷は、５００３号を出た。

二人は廊下の突き当たりを右に曲がり、船首のエレベーターホールに出た。

エレベーターは船首から船尾にかけて四ヶ所にある。

途中で乗客とすれ違ったが、神谷は笑顔で廊下の端に寄って乗客に道を譲る。乗客はにこやかな表情になり、会釈して通り過ぎた。

「流石ですね。神谷さんに会って、僕はＳＡＴの見方が変わりましたよ。ＳＡＴの隊員は、銃オタクの筋肉バカだと思っていましたから」

貝田は並んで歩き、囁（ささや）くような声で言った。この男は普段から一緒に行動することが多いせいか、言葉を選ばなくなっている。

「余計なお世話だ」

神谷はふんと鼻を鳴らすと、スタッフオンリーのドアの鍵を石川の乗船証のコピーで開けて非常階段を下りた。

「こちら、佐竹、4デッキに下りた」

神谷は左耳のブルートゥースイヤホンをタップして、玲奈に無線連絡をした。SATでは作戦中の無線連絡ではコードネームを使っていたが、乗客や乗務員に聞かれた場合、却って怪しまれるので偽名を使っているのだ。

——了解です。すでにループ映像にしてあります。

玲奈はすかさず答えた。監視映像に神谷らが映らないように事前に記録されているループ映像に差し替えたのだ。

「サンキュー」

神谷は通話を終えると、4デッキのドアを開けて右舷の通路に進んだ。この先は乗務員の住居エリアである。船長や一等航海士など上級乗務員の船室は、13デッキ操舵室の近くにあった。このエリアに居室がある乗務員は、上級でないその他大勢ということになる。

神谷は4038号室の前で立ち止まると、貝田に目配せした。

頷いた貝田は工具箱を床に置くと中からボアスコープを出し、先端のファイバースコープをドア下に差し込んだ。石川の様子を窺ってからドアを開けないと、麻酔ガス発生器を投げ込む際に騒がれることになりかねない。

ボアスコープのモニターを見た貝田は、麻酔ガス発生器を神谷に渡した。五センチ四方のアルミ製の筐体にノズルが付けられている。市販のハンドソープディスペンサーのヘッドを取り出して改造したそうだ。スイッチを入れると、五秒後にノズルから麻酔ガスが十秒間噴出されるという。

神谷は麻酔ガス発生器のスイッチを入れ、LEDライトが点滅したことを確認すると、偽造乗船証でドアを開け、部屋の奥に転がした。

貝田から防毒マスクを受け取って装着すると、二十秒待って部屋に侵入した。

部屋は神谷の9165号室より、狭い。十四平米ほどで二段ベッドがある。だが、石川の姿はベッドにはない。麻酔ガスは部屋に充満しているはずだが、換気扇があるバスルームに入っていれば効き目はない。

神谷が頷くと、貝田はあらかじめ用意していたセボフレン入りスプレーボトルを工具箱から出し、バスルームのドアの隙間から噴射した。

十秒ほど待ち、神谷はバスルームのドアを開けた。

「くそっ！」

神谷は眉間に皺を寄せた。バスルームにも石川の姿はなかったのだ。

「こちら佐竹、ターゲットはいない。見張りを頼む」

――了解。でもおかしいわね。

玲奈から無線が入った。神谷と彼女は、5003号に午後八時十七分に到着し、その直後から彼女は監視カメラの映像で4038号室を見張っていた。石川はカジノから八時五、六分には自室に戻っているはずだ。すぐに外出したのか、あるいは自室に戻っていないのかどちらかということになる。

外出しているのなら、戻ってくる可能性があった。捜査はなるべく短時間で行うべきだあろう。

「リミットは、二分。何もなければ、出直すまでだ」

神谷は貝田の肩を叩き、部屋を調べ始めた。

二人はベッドの周辺から調べ、壁際に置いてあった二つのスーツケースも探ったが目ぼしいものは見つからなかった。

「何もありませんね。セーフティボックスに仕舞ってあるんですかね。やりますか？」

貝田はスーツケースを元に戻すと、大きな溜息を吐いた。彼ならセーフティボックスを開けることもできるが、時間が掛かるそうだ。

「いや、だめだ。あと、二十秒だ」

神谷は念のためにベッドの下を覗き込んだ。何かを拭き取った跡がある。暗いのでよく見えない。工具箱からハンドライトを出して照らした。

「……！」

右眉を吊り上げた神谷は、ベッド下を指でなぞってみる。指先に粘着性がある赤い液体が付着した。

「ひょっとして、血ですか？」

傍の貝田が両眼を見開いて言った。

「そのようだ。撤収するぞ」

神谷はライトを工具箱に戻し、部屋を出た。

殺人捜査

１・同九月二十九日ＰＭ９：１０

午後九時十分、９１６７号室。

乗務員居住区の４０３８号室を調べてきた神谷と貝田は、５００３号で作業服を着替えて岡村の部屋に引き上げていた。二人のバックアップをしていた玲奈も一緒に引き払い、自室に戻っている。

岡村は神谷が持ち帰ったニトリルの手袋が入れられたビニール袋の封を開け、スプレーボトルで手袋に液体を吹きかけた。神谷が使っていた手袋で、４０３８号室を撤収する際にビニール袋に入れて持ち帰っていたのだ。

「電気を消してくれ」

岡村の指示で貝田が部屋の照明を消した。すると、手袋の指先が青白く光った。ルミノール試薬を吹きかけたので、手袋に付着した血液が反応したのだ。

クルーズ船に乗ると孤立無援になるため、岡村はさまざまな道具を持ち込んだらしい。玲奈がノートＰＣを二台持ち込んだことはむしろ当たり前だと思ったが、鑑識のキットを持参したことには驚かされた。最低限のセットらしいが、指紋とDNA採取キット、ルミノール試薬などがあるらしい。

「血液ということは確かだ。もっとも、これが石川の血かどうかは分からないがな。電気を点けてくれ」

岡村は、しかめっ面になると、袋の口を縛った。

「石川は襲われて、どこかに連れ去られたのでしょうか？」

ソファーに座っている外山が尋ねた。

「犯人は床にできた血溜まりを拭いたが、ベッドの下は適当に拭き取ったのだろう。ベッドの下にまで流れるほど出血したとなれば、生死にかかわる怪我を負った可能性は高い。大きな船だから、石川を隠す場所はいくらでもありそうだが、生きていれば犯人にとって面倒なことになる」

腕組みをした岡村は、気難しい表情でベッドに腰を下ろした。

「怪我をしたのが石川なら、生きていないかもしれないということですか？」

ソファーに座っている外山は、頭を掻いた。殺人事件に関わっている可能性が出てきたために戸惑っているのだろう。

「そういうことだ。しかも、我々は洋上にいる。その意味は分かるな」

岡村は窓の外を指さした。

「生死に関係なく、海に落とされた可能性もある、ということですか」

外山は険しい表情になった。

「それが証拠を消す一番簡単な方法だ」

岡本は頷き、ポケットから電子タバコを出した。会話をすると、どうしても口元が寂しくなるようだ。あるいは、微かに眉間に皺を寄せていたので怒りを抑えているのかもしれない。

「船に警察が乗り込んでくるかもしれませんね」

貝田は眉間に皺を寄せた。彼は本能的に警察機関を毛嫌いしているようだ。

「それは、船長と船会社の判断によるな。まずは、警備員と手の空いている乗組員が船内の捜索を行う。船内に石川がいないことを確認した上で、行方不明者として扱われる。この場合は、転落事故だ。船長判断で次の寄港地である上海の警察に、中国だから公安警察に報告することになるだろう。もし、船長が船室の血を発見した場合は事件として通報するだろうが、公安警察が、鑑識を連れて乗り込んでくるとは思えない。神谷くんは、どう判断するかね？」

岡村は神谷に振った。黙って聞いているので、発言を促したのだろう。

「中国に関して、私の中で最新の情報がありませんので断言できませんが、事件だと通報を受けても外国籍の船の捜査は積極的にしないはずです。というのも、捜査のためには乗務員だけでなく、観光客の入国も止める必要があるからです。そうなれば、公安警察を訴える観光客が出てくる可能性もありますし、彼らはその種のトラブルを嫌います。それに、観光客を遅滞なく入国させた方が、経済的な損失はありません。加えて反日国家ですので、日本人の殺人事件捜査は無駄だと考え、彼らは動かないでしょう」

神谷は淀みなく説明した。近隣諸国の警察機関の情報は、スカイマーシャルに就任する前の座学で習っているが、情報としては古い。だが、中国の警察機関が、他国と違って公安という名前をつけることから、第一の目的が自国の反政府分子の逮捕というのは、今も変わらないはずである。

「私もそう思う」

頷いた岡村は、腕を組んだ。

「同じ理由で、船長は石川の転落事故として届けるでしょう。ただし、監視ビデオの映像で、犯人が分かった場合は別ですね。船長は警備員に命じて犯人を拘束し、上海ではなく、日本に戻ってから横浜水上警察署に届けるでしょう。日本の裁判制度は欧米に比べれば遅れていますが、中国よりはマシですから」

神谷は補足した。

「まったく同感だ。素晴らしい読みだよ」

岡村は何度も頷いて見せると、テレビ台に載せてあるタブレットＰＣにタッチし、Ｚｏｏｍで玲奈を呼び出した。

画面に能面のように冷めた表情の玲奈が映った。彼女は心を読まれないように、いつも構えているらしい。

「監視カメラの映像は、どうなったかな？」

岡村は後ろに下がって遠慮気味に尋ねた。玲奈が下がれと、手を振ったからである。モニター越しでも顔がアップで映ることは、彼女にはストレスなのだろう。

——結論から言うわよ。何も映っていなかった。

玲奈はカメラから視線を外し、不機嫌そうに答えた。彼女の右側にあるノートPCのカメラが稼働しているらしく、左側のノートPCで作業をしているようだ。

「犯人が映っていなかったということかな？」

岡村は首を捻った。

「午後八時から午後八時十五分までの4デッキの監視カメラが、ループ映像に差し替えられていた。迂闊（うかつ）だった。セキュリティサーバーを調べてみたら、何者かがハッキングした形跡が残っていたわ」

玲奈がテーブルを叩（たた）き、映像が上下に揺れた。

「そっ、そうか、監視映像はダメだったか。犯人はプロだな。ハッキング技術を持ったヒットマン、あるいは複数犯の犯行かもしれない。船外からこの船にハッキングは可能かな？」

岡村は、タブレットPCから離れたまま尋ねた。

「衛星回線を使って船のサーバーに侵入することは、できると思う。だけど、船内にそれを手引きする人間は最低限必要ね。しかも、その人間もかなりコンピュータに詳しくないと難しい。だったら、ハッカーが乗り込んだ方が面倒はないわ。この程度のハッキングなら、だれでもできるから」

玲奈は鼻先で笑った。

「侵入した手口が、君から見て稚拙ということか。犯人は突き止められるかね？」

岡村はゆったりとした口調で、質問を続けた。彼女を刺激しないように気を配っているのだろう。

「今やっているけど、差し入れしてくれる？　喉が渇いた」

玲奈はパソコンのカメラをちらりと見て言った。

「希望はあるかな？」

「コンビニで、冷えたコーラとチョコレートを買ってきて。コーラはダイエットじゃないやつ」

彼女が話し終えると、映像は切れた。ビデオ会議から退出したのだ。

「コンビニ？」

岡村は首を捻った。

「6デッキに、深夜まで営業している土産物屋がありましたよ。そこなら、軽食や飲み物も売っていたはずです」

神谷は説明しながら、出入口近くの床に腰を下ろしている貝田をじろりと見た。

「ぼっ、僕ですか。そうですよね。一番若いみたいだし」

貝田は自分を指差すと、立ち上がった。

「よろしく」

神谷はにやりと笑って、貝田の背中を軽く叩いた。

2・同九月二十九日PM9：20

神谷はビニールの買い物袋を手に、9171号室のドアをノックした。

貝田に6デッキの土産物屋で買い物をさせたのだが、神谷が玲奈に渡すことにしたのだ。もっとも、貝田もそのつもりだったらしい。

「入って」

玲奈の張りのない低い声が返ってきた。

部屋に入ると、彼女はソファーに横になっていた。

「疲れた？」

神谷は買い物袋から五百ミリリットルのコーラのペットボトルとチョコレートバーを出し、テーブルに載せた。そのほかにも板チョコとスナック菓子も買い物袋に入っているので、ソファーの端に置いた。貝田は、とぼけた男だが、気が利くのだ。

「血糖値が下がったの。ベッドに座っていいわよ」

気怠げに起き上がると、玲奈はペットボトルのキャップを外し、勢いよくコーラを飲んだ。ＩＱが百七十もあるため、常人と違って脳が猛烈に糖分を消耗するのだろう。

「犯人は、ハッキングの痕跡(こんせき)を残していたのかい？」

神谷はベッドに腰をかけて尋ねた。

「私なら足跡を残さないように世界中のサーバーを何周もしてハッキングの痕跡を消すけど、犯人は面倒だったか、あるいはそこまでの技術はなかったみたいね。５デッキ左舷にあるネットカフェのパソコンを使ったの。不特定多数の人が使うから、痕跡が残っても大丈夫だと思ったのかもしれないけど」

玲奈は自慢げに話した。

「フリードリンクコーナーの反対側にあるネットカフェに犯人はいたのか？」

４デッキに侵入する神谷と貝田をバックアップするため、岡村と外山は右舷にあるフリードリンクコーナーで待機していたのだ。同じデッキにいたことを岡村が知れば、さぞかし悔しがるだろう。

「午後八時直前のネットカフェの映像は、これ」

玲奈は、右側のノートＰＣを神谷の方に向けた。画面には監視カメラの映像が映っている。店内には三人の客と、ウェイターが一人いるようだった。

「野球帽を被って顔を隠している男がいる。監視カメラの位置をこの男は知っているようだね」

神谷はノートＰＣに近付いた。

男はスポーツバッグを手にしており、店に入る前から監視カメラに対して顔を背(そむ)けており、背を向けて座れる席を選んだように見える。

「この男は、ネットカフェに入る直前に通路の監視カメラの死角で着替えたようね。恐らく店を出た後も着替えている。この格好の男は、他の監視カメラじゃ見つけられなかったわ」

「用意周到だ。抜け目がない」

神谷は思わず唸るように言った。

「そこで、〝歩容認証〟してみたの。説明いる？」

玲奈が鼻を鳴らして笑った。

「〝歩容認証〟？　すまないが説明してくれ」

神谷は首を横に振るしかない。警察は四年前に退職している。自分で言うのもなんだが、捜査のプロでもない。

「〝歩容〟とは歩き方のことで、人はそれぞれ歩き方に特徴があるの。〝歩容〟の個人差を利用して人物を特定する映像の解析技術が、この数年で確立されている。欧米では犯罪捜査で、証拠としても採用されているほどよ。日本でも判例が出てきたらしいけど、遅れているわ」

玲奈は淡々と説明した。彼女はＩＱが高いだけでなく、幅広い知識を持っているようだ。

神谷は話の腰を折らないように黙って頷いた。

「午後八時以前のネットカフェ近くの監視カメラの映像で、犯人を特定したわ。藤井拡和(ふじいひろかず)、二十六歳、横浜市在住、フリーのプログラマーよ。１０１３５号室にチェックインしている」

玲奈はタイピングすると、神谷のスマートフォンにメッセンジャーで藤井の経歴が顔写真付きで届いた。

「乗船リストで職業まで分かったのか」

神谷は首を傾げた。クルーズ船の乗船券を申し込むのに、職業欄はない。たとえあったとしても会社員とか自由業とか書くはずである。

「まさか。名前と年齢は彼が１０１３５号室に戻るところまで監視カメラで追跡し、部屋番号から乗船者リストを調べて確認したわ。あとは、ＳＮＳで該当者を見つけるの。ＳＮＳは個人情報の宝庫よ」

玲奈は歯を見せて笑った。彼女が嫌味でもなく、単純に笑ったところを見たのは初めてである。笑顔は年相応の二十歳の女性だ。

「素晴らしい。さすがだ。今度、ディナーを奢るよ」

神谷も彼女の笑顔に誘われるように笑みを浮かべた。

「本当？　事件が解決したら、食事を奢ってくれる？」

玲奈が上目遣いで尋ねてきた。軽口のつもりで言ったが、彼女は本気らしい。いつもの強引な頼み事を平気でする彼女とは様子が違うようだ。

沙羅は「男性と二人で食事をすることなど、これまで考えられなかった」と言っていたが、玲奈にとっても同じなのだろう。

「了解。東京に帰ったら、おいしい食事をご馳走しよう」

神谷は親指を立てて答えた。

「よかった」

玲奈は、はにかんだような笑顔で頷いた。

3・同九月二十九日PM9：50

午後九時五十分、スーツ姿の神谷と岡村は、中央エレベーターを10デッキで下りた。クルーズ船は時間帯やレストランなどによってドレスコードがある。そのため、スーツだけでなく、ネクタイも必要だ。とはいえ、神谷が持参したのは、タキシードではなくたんなるビジネススーツである。

二人は左舷側の廊下を船首に向かって進んだ。

神谷は10135号室の前で立ち止まると、玲奈が作製したマスターキーをポケットから出した。ネットカフェでハッキングした藤井がこの部屋に戻ったことは、玲奈が船のセキュリティシステムで確認している。

岡村が右手を上げ、神谷を制した。打ち合わせでは神谷がドアを開けて踏み込み、藤井を取り押さえることになっていたのだ。少々手荒だが、神谷の得意とするところである。

だが、岡村の気が変わったらしい。

頷いた神谷は、ドアの前から退いた。

「藤井さん、夜分恐れ入ります。ネットカフェの従業員ですが、お客様のお忘れ物をお届けに参りました」

岡本は普段より高めの声で言った。

「ちょっと、待って」

若い男の声である。藤井はこの部屋に一人でチェックインしていた。岡村と同じ二十平米、オーシャンビューのバルコニー付きの部屋である。

ドアが開き、青白い顔の男が現れた。

「失礼するよ」

岡村は男を押し退(の)けて、部屋に入る。神谷も続くと、ドアを閉めてその場に立った。

「なっ、なんだ。あんたたちは」

藤井は後退(あとずさ)りして壁に張り付いた。

「一課の岡村だ。我々がここにいる理由は、分かるな」

岡村はジャケットのポケットからバッジが付いた警察手帳を見せ、素早く仕舞った。また、ネットで売っていたレプリカを使ったが、警察官だとはっきり名乗った訳ではない。

たとえ警察官を名乗ったとしても、金を脅(おど)しとるような行為をしなければ、犯罪にはならない。

「どっ、どうしてですか？」

藤井の目が泳いでいる。異常事態にもかかわらず、大声を出さないのはやましいことがあるからだろう。

「それじゃ、私から言ってやる。君は本日、午後八時にネットカフェのパソコンを使ってこの船のセキュリティサーバーをハッキングした。さらに4デッキの監視カメラの映像を十五分間もループ映像に差し替え、この船の警備に重大な支障をもたらした。よって、威力業務妨害で逮捕する」

岡村は捲(まく)し立てると、神谷を見た。

神谷は藤井を壁に押さえつけ、持参した樹脂製の結束バンドで手首を後ろ手に縛り上げた。普通の警察官なら手錠を掛けるところだが、スカイマーシャルは結束バンドでテロリストの手足を縛る訓練も受けている。こんなところで役に立つとは思わなかった。

「そっ、そんな、ただの悪戯(いたずら)だよ。ループ映像にしたところで、誰にも迷惑は掛けていないはずだ」

藤井はあっさりと罪を認めた。

「だが、その十五分の間に、4デッキの従業員が襲撃されて、行方不明になっている。室内に血痕が残っていたことから、従業員は殺された可能性も高い。とすれば、君は殺人に手を貸したことになり、殺人幇助(ほうじょ)の罪でも検挙されるはずだ」

岡村は畳みかけた。藤井に考える余裕を与えないようにしているのだ。公海上で日本の司法下にないことを思い出させないためである。

「さっ、殺人！　ばっ、馬鹿な。俺はただ、言う通りにしたら、豪華クルーズ船の旅をして、五十万円もらえると言われただけなんだ」

藤井は顔を真っ赤にし、首を激しく振った。

「座らせろ」

岡村は部下に命じるように神谷に言った。

「はっ」

キレの良い返事をした神谷は、藤井の胸ぐらを掴んで押し倒すようにソファーに座らせた。

「誰に頼まれた」

岡村は中腰になって、藤井を睨みつけた。

「〝ダークウェブ〟で、ハッカーの求人広告が出ていたんだ」

藤井は涙目で答えた。

〝ダークウェブ〟とは、インターネットで特定のソフトを使用しないと閲覧できない闇の掲示板のことだ。ここで取引されるのは、個人情報や麻薬だけでなく、殺人の依頼もある。隠語を使って巧みに偽装されており、海外の複数のサーバーを経由して利用者の秘匿性を高めている。

「依頼主の名前は？　接触したのか？」

岡村は鋭い視線で矢継ぎ早に質問をする。

「Ｚ３０１＠というハンドルネームだった。そいつからメールで指示を受けて実行しただけだ。本名も顔も知らない」

藤井は岡村の目を見て答えた。

「Ｚ３０１＠とか名乗るやつと、会話したこともないのか？」

「いつも一方的にスマートフォンにメールが来るんだ。一度、質問した時には、メールがデリバリーできなかったという警告文がサーバーから返ってきた。だが、前金として二十五万円振り込まれ、乗船チケットも予約されていた。だから、面白いと思ったんだ」

「今日のハッキングの他に何か指示を受けているか？」

「上海で、同じ船に乗って日本に帰ることは最初から指示されている。横浜港に着くまでは指示待ちの状態なんだ」

藤井は答えると、大きな息を吐いた。全部白状したと言いたいのだろう。

「じっとしていろ。動くなよ」

岡村は藤井に言うと、背筋を伸ばして腰を叩いた。

「どう思うかね？」

ドア口の神谷の耳元で囁(ささや)くように岡村は尋ねてきた。捜査経験の豊富な元刑事が、判断に困るはずがない。神谷を捜査官として成長させるために聞くのだろう。もし、そうだとしたら、実に人を育てるのがうまい。どうして悪徳警官という噂(うわさ)があるのか、ますます気になるところである。

「嘘はついていないようですね。とはいえ、すべてを信じるわけにもいきませんので、スマートフォンやパソコンを取り上げて玲奈さんに調べてもらうのが妥当でしょう。それから、松永もそうですが、彼は保護した方がいいと思います。放っておけば、石川の二の舞ですよ」

神谷も声を潜めて答えた。

「そうするか。松永はまだ勤務中だ。この男だけでも、拘束しよう。この船の船長に相談すべきだろうが、とりあえず、私の部屋に監禁する。すまないが、連行してくれ」

岡村は藤井を横目で見ながら言った。

「了解です。立て、藤井。おまえを連行する」

神谷は藤井の腕を摑むと、無理やり立たせた。

4・同九月二十九日PM10：55

午後十時五十五分、6デッキ、スターゲート・カジノ。

神谷は出入口に近いスロットマシーンに座り、松永がディーラーをしているバカラのテーブルを監視していた。また、別のマシーンに貝田と外山の姿もある。それに尾形も、松永というより、彼と会場に目を光らせていた。

松永の相棒である石川が襲撃されたことは、疑う余地はない。とすれば、彼も襲われる可能性が高いため、松永に近付く人間を警戒しているのだ。

犯人と共謀したハッカーの藤井は、岡村の部屋で拘束している。さすがに後ろ手にしておくことはできないので、バスローブの帯で緩く縛り、岡村が尋問を続ける形で軟禁状態にしていた。また、玲奈は藤井が持っていたノートＰＣとスマートフォンの解析をしている。

場内に午後十一時をもってカジノが終了するというアナウンスが、日本語、英語、中国語で流れた。放送を聞いて席を立つ乗客もいるが、ほとんどの客は最後の一勝負とヒートアップしている。欧米国籍の豪華クルーズ船にリピーターが多いのは、贅沢な船旅の魅力もさることながらカジノの誘惑が寄与していることは言うまでもない。

午後十一時、ディーラーが最後のゲームを終えて一斉に席を立った。

「終了です。スターゲート・カジノは只今をもって閉店します」

尾形をはじめとしたセクションマネージャーが声を上げると、従業員もそれに倣ってまだ席に着いている客に声を掛ける。

カジノは船首にある劇場、ゴールドシアターに通じるＡ１出入口と船体中央部にあるダンスホール、ジョゼット・ミラノに通じるＡ２出入口があった。営業中はドアが閉じられているが、午後十一時ちょうどにどちらのドアも開放された。

「松永くん、ちょっと打ち合わせがしたいんだ。残ってくれるかな」

尾形がバカラのテーブル席を片付けている松永に言った。

「はっ、はい」

だろう。

松永は、戸惑い気味に頷く。個別に話があるというのは、何か問題があったと察したの

貝田と外山らは客という体で来たので、カジノを後にした。神谷は従業員の目を盗んで、A2出入口の近くにあるポーカーのVIPルームに忍び込んだ。ポーカーのテーブルが三台にソファーが置かれ、バニーガールも常駐する特別な部屋である。

カジノは非常灯を残し、照明が落とされた。

「手間は取らせない。すぐ終わるよ」

尾形が松永を伴い、VIPルームに入ってきた。

「えっ。打ち合わせですよね」

松永は、ポーカーテーブルの前に立っている神谷を見て目を丸くした。

「話は、神谷警部から聞いてくれ」

尾形は松永の背中を押すと、出入口を塞ぐように立った。

「一課の神谷だ。話は座ってしようか」

神谷はレプリカの警察手帳を見せると、ポーカーテーブルの椅子に腰を下ろし、松永にソファーを勧めた。警察手帳は二つ折りになっており、警官バッジの反対側は身分証になっている。玲奈が神谷の写真入りの身分証を作ってくれたので見た目は問題ないが、使うのは身分詐称になるため、やはり後ろめたい。

もっとも、尾形以外の乗務員に警察官を名乗るつもりはない。松永や藤井に警察官と思

わせたのは、単なる脅しである。

「警察が、何の用ですか？」

松永はぎこちなくソファーに座った。

「我々は、君と石川さんが関わった歌舞伎町の違法賭博事件の再捜査をしている。その件で話がしたくてね。君たちがこの半年間、日本では下船しないから仕方なく、この船に乗ったのだ。もっとも執行猶予期間中だから、逃亡の意思がないとしても国内にいるべきなんだ。だが、その辺は大目に見るよ」

神谷はゆっくりと話した。ポーカーと同じである。焦っている素振りを見せたら、手の内を読まれてしまう。

「冗談じゃない。あの事件は裁判を受けて三年前に判決も出ている。俺も石川も初犯ということもあるが、徳衛会に半ば脅されてディーラーをしていた。だから、情状酌量の判決が出て執行猶予になったんだ。上海では上陸したこともない。つまり、国外に出たことにはならないはずだ」

松永は両手の拳を握りしめた。

「ずいぶん苦しい言い訳だな。日本から出国した時点で逃亡と疑われても仕方がないんだぞ。もっとも、君らの判決に不服があるわけじゃない。だが、あの違法賭博に絡んで殺人事件が起きていたらしいのだ。つまり君らの裁判とは別件になる。そのことで、協力してもらえないかと思ってね」

神谷は笑みを浮かべた。敵意がないことを示すには、笑うことだ。世界中を回って、これまで何度も笑顔で窮地を脱した。

「殺人事件……」

松永の頬が微かに動いた。

「何か、思い当たる節があるようだな。協力してくれないか」

神谷は松永の表情を見ながら尋ねた。質問の趣旨は、岡村から概ね聞いていた。その上で、アドリブで質問している。神谷は藤井の見張りを志願したのだが、岡村から松永の尋問を命じられてしまった。これも捜査官としての修業らしいのだが、別に刑事になりたいと思っているわけではない。

「知らない。何も知らない。関わりたくないんだ」

松永は激しく首を横に振った。

「石川さんにも内線電話を何度もかけたが、出てもらえない。君らは強情だね」

神谷はわざとらしく、大きな溜息をついてみせた。

「内線電話に出なかったのですか？」

松永は首を捻り、怪訝な表情になった。

「君らと接触する前に、尾形さんに部屋番号は教えてもらったんだ。石川さんとじっくり話がしたかったので、彼のシフトが終わった直後に電話を掛けたが、通じなかった。あまり、警察を避けるような真似はしない方が良いと思うがね」

「すぐに部屋に戻りたい。いいですか、尾形マネージャー」

松永は振り返って尾形に同意を求めた。

「松永くん、一つ君に忠告しておく。君たちに前科があることを刑事さんに聞いて初めて知ったのだ。会社に提出してある君らの履歴書を見たが、記載もなかった。もし、君らが刑事さんに協力しないというのなら、船長に君らのことを報告しなければならない。それにここをクビになったら、ブラックリストに載る。他の船会社でも働けなくなるよ」

尾形は大きな目をぎょろりと動かし、強い口調で言った。さすがに元詐欺師だ。説得力がある。誰かに似ていると思ったら、上野の西郷隆盛の銅像だ。

貝田からの情報だが、彼はこれまで鼠講だけでなく、カルト的な団体の宗主になって詐欺を働いたこともあるという。変装の名人で、今の顔もメイクでいじっているらしい。わざと特徴を出すことで他人の記憶を誤魔化すという高度なテクニックを使うようだ。もっとも、これまで何千人という人を騙してきただけに、顔を覚えられるとまずいのだろう。

「それだけは、勘弁してください。分かりましたよ。協力します。でも、今は石川のことが心配なのです。刑事さん、一緒に来てもらってもかまいません。石川が無事なのか、今すぐに確認させてください」

松永は立ち上がって頭を下げた。

「分かった。すみませんが、尾形さんも来てもらえませんか。乗務員居住区に入るのなら責任のある方が一緒の方がいい」

神谷は渋い表情で答えた。

「仕方ありませんな」

尾形は口角を僅かに上げて頷いた。

5・同九月二十九日PM11：10

神谷は、尾形と松永の二人をともない4デッキのエレベーターを下りた。

「すみません。先に行きます」

松永が突然走り出した。

神谷と尾形も駆け出す。結果は分かっているが、当面、彼に合わせる必要がある。

「石川！」

4038号室に飛び込むように入った松永は、石川の名を呼びながらバスルームのドアを開けた。

「いない！　石川がいません」

松永は訴えかけるような目で神谷と尾形を交互に見た。

「どこかに遊びに行ったんじゃないか？」

尾形は迷惑そうに聞き返した。

「ありえない。ありえませんよ。だって僕らは、不要な行動をしないように気を付けていましたから」

松永は首を振った。

「石川さんが、誰かに連れ去られたというのですか？」

神谷は腕を組んで尋ねた。

「そうとしか、考えられません。もし、どこかに行くのなら、僕に連絡をすることになっていました」

松永はスマートフォンを出し、メールやメッセージの履歴を確認した。

「彼が連れ去られたとしよう。何か盗まれた物とか、他に異常はありませんか？」

神谷は部屋を見回して言った。

「あっ！　いいえ」

松永は壁際のテレビ台の下にあるセーフティーボックスをチラリと見たが、首を振った。セーフティーボックスに何か入っているようだが、ドアが閉まっているから問題ないと判断したのだろう。

「現金やパスポートは盗まれていないか、確認しなくていいのか？」

神谷は口調を変えて睨みつけた。

「大事なものは、セーフティーボックスに入れてありますので、大丈夫だと思います」

松永は開き直ったかのように答えた。セーフティーボックスは、電子テンキーで、ユーザーが任意に四桁の暗証番号を設定するタイプだ。だが、電源が切れた場合や、暗証番号を忘れた場合などに対処できるようにマスターキーなどで開けることができる。

「甘いな。電子テンキーのセーフティーボックスは、テンキーが使えなくなっても開けることができるようになっている。クルーズ船のセーフティーボックスは、簡易的な金庫なんだ。石川さんを捜すのなら、この部屋を改めて調べさせてもらう。部屋は移ってもらうかもしれない。そうなれば、セーフティーボックスの中身も新たな部屋に移動することになるんだ。だから、今、開けて、中を調べてくれ」

神谷は口調を荒らげた。

「……分かりました」

松永は渋々セーフティーボックスの暗証番号を押し、ドアを開けた。

「中に何が入っていましたか？」

神谷は後ろから覗き込んだ。

「僕と石川のパスポートと財布ですよ」

松永は手元を慌てて隠し、何かをジャケットの右ポケットに隠した。

「財布の中身も確認してください。カード類はちゃんとありますか？」

神谷は後ろに下がり、ドア口に立っている尾形の耳元で「ジャケットの右ポケット」と囁いた。

「大丈夫です。盗られたものは何もありません」

松永は財布も開いて苦笑してみせた。

「石川さんが行方不明と言いますが、あなたは本当に真剣に捜そうと思っていますか？

私なら手がかりを見つけるために、ベッドの上や下を覗くとか徹底的にしますよ。もし、警察に協力を求めるのなら、それなりの態度を見せてくれませんか」

神谷は腰に手を当てて、首をゆっくりと振った。

「もちろん、真剣ですよ。でも、ベッドを確認したからって……」

溜息を吐いた松永は、下段のベッドに足を掛けて上のベッドを見た後、ベッドの下を覗いて尻餅を突いた。

「どうしたんですか？」

神谷はポケットからＬＥＤライトを取り出し、ベッドの下を照らした。

「こっ、これは……」

松永は右手の人差し指でベッドの下を指している。

「どうやら、血痕ですね。間違いない」

神谷はニトリルの手袋を付け、指先で床の血を触り、臭いを嗅いだ。

「どういうことですか！」

背後に立っている尾形が声を上げた。

「ベッドの下の血溜まりを拭き取った跡でしょう。床は綺麗に拭き取ったが、ベッドの下は適当に拭いたようです。もし、これが石川さんの血なら、相当出血したはずです。生死にかかわる怪我をしていると考えるべきでしょう。尾形さん、船長に至急連絡をして、船内の捜索をしてください」

神谷は手袋を外し、ポケットからビニール袋を出して中に入れた。

「わっ、分かりました」

尾形は慌てた様子で部屋を出て行った。

「松永さん、申し訳ありませんが、この部屋が犯罪現場になった可能性が出てきました。私が許可するまで、部屋の入室はご遠慮ください」

神谷は松永に手を貸して立たせた。

「……はい」

立ち上がった松永は肩を落とした。彼はすでに石川の死を悟っているのかもしれない。

「とりあえず、部屋を出ましょう」

神谷は松永の肩を叩き、先に部屋から出した。

「あっ、すみません」

作業服を着た男が、部屋を出た松永と鉢合わせをした。外山である。神谷が松永になくなった物がないかと聞くことで、何かを部屋から持ち出す可能性があると岡村は予測し、外山を待機させていたのだ。

神谷は松永がセーフティーボックスから出した物をジャケットの右ポケットに隠したことを、尾形を通じて外山に連絡していた。

「気を付けるんだ」

神谷は外山に注意しながら、頷いて見せた。

6・九月三十日AM0：10

零時十分、13デッキ。

道具箱を右手に提げた神谷は、操舵室近くにあるブリーフィングルームのドアをノックした。

「お入りください」

袖口に金色の三本ラインが付けられた制服姿の白人男性がドアを開けた。ケビン・シェリンガルという一等航海士で、石川の捜索の窓口になっている。

「失礼します」

神谷は軽い会釈をして部屋に入った。

二十四平米ほどで、木製の長尺テーブルの左右に四つずつ椅子が並び、長手方向に一つずつ椅子が配置されている。

一番奥の席に船長のグレン・インターバン、その左隣りに副船長のフィル・ピアースが座っていた。この部屋にいる三人の船員が、プラチナ・クイーン号のトップ3である。

石川が落水した可能性もあるため鹿児島県大隅半島沖で船を停止させ、操舵室にはナンバー4の一等航海士が船長代理として入っていた。

日本人の船員も多いが、階級は二等航海士が最高だそうだ。上級乗務員が英国人のため、彼らとの会話は英語を使うことになる。岡村が神谷にすべてを任せたのは、コミュニケーションの問題があったからだ。

神谷は、船長の向かい側にあたる出入口に近い末席の椅子を引いた。

「ミスター・神谷、こちらにお掛けください。そこじゃ、声も届かない」

苦笑したインターバン船長が、ピアース副船長の右隣りの椅子をわざわざ引いてくれた。

神谷は、クライアントの依頼を受けて石川と松永の調査をしていた元警察官の私立探偵だと言ってある。驚いたことに、玲奈が日本語と英語が併記された探偵の名刺を作ってくれた。名刺の台紙と携帯カラープリンターも持参したそうだ。また、岡村や貝田など、仲間も待機させていると船長には伝えてある。

「ありがとうございます」

神谷が椅子に腰を下ろすと、シェリンガル一等航海士がピアースの隣りに座った。

「さきほど、3デッキの貨物積込口から、石川が落水した可能性があると聞きましたが」

インターバンが声を潜めた。彼には4038号室の血痕のことも伝えてあるが、石川の死体が発見されるまで事件とは扱わないと言われている。

「右舷貨物積込口の床にルミノール反応がありました。ミスター・石川は、そこから落水したに違いありません。彼が船室を出たのは、午後八時五分から十五分の間です。4038号室から3デッキの右舷貨物積込口までは、非常階段を使ったとしても、数分で行くことは可能です。この十分ほどの監視カメラの映像は、セキュリティ担当者に確認してもらいましたが、ループ映像にすり替わっており、サーバーに記録はありません。聞き込みもしましたが、目撃者もいませんでした」

神谷は船長の許可を得て、乗務員居住区の捜査を警備員とともにした。船長も手の空いている乗組員に石川の捜索を命じているが、おざなりである。1デッキから4デッキまでの船内放送でも呼びかけており、連絡がない時点で落水と判断しているのだろう。

また、同室の松永は警備員に警護され、4デッキの空き部屋で休んでいる。部屋番号は、セキュリティ上の問題だと教えられていない。船長には、松永から有力な情報を得るために警察官と名乗って接したと正直に話してある。また、事件が決着するまで彼には情報を与えないように頼んであった。

「監視映像がすり替わっていることを、よく気が付いたものだ」

インターバンは首を捻っている。

「ループ映像というのは、パターンがありますからプロならすぐ分かります。サーバーをハッキングされて、差し替えられたのでしょう」

神谷は淡々と答えた。玲奈がいなければ分からなかったことだが、彼女の存在を知られては困るため自分で気付いたことにしているのだ。

「それにしても、石川は四時間前に落水したというのか」

インターバンがピアース副船長を見た。船長は一時間前に副船長と交代し、操舵室を出て自室にいたのだ。

「五時間前から停止するまで、18ノットで航行していました。四時間前なら約百三十五キロ前ですから日向灘（ひゅうがなだ）を航行中ということになります」

ピアースは淀みなく答えた。さすが十三万トン級客船の副船長ともなれば、そつがない。

「日向灘か、潮の流れは速いな。夜間ということもあるが、戻ったところで発見することもできない。船内の捜索は終えたことを乗務員に知らせ、発進させてくれ。ケビンは、日本の海上保安庁に報告を頼む」

インターバンは神谷の顔を横目で見ながら二人の部下に命じた。発見できないことは分かりきったことで、神谷が素人（しろうと）のために、あえて説明するつもりで言ったのだろう。

「了解しました」

ピアースとシェリンガルは同時に席を立ち、部屋を出て行った。

「それにしても、この広い船内からよく血痕を見つけたものだ。君は探偵としてよほど優秀らしいね」

インターバンが、神谷を見て首を振った。

「階上のデッキに出れば、乗客に目撃される恐れがあります。また、4デッキには貨物積込口はありません。階下の3デッキの貨物積込口に行く他ないのです。左舷と右舷で二箇所ずつ、四箇所の貨物積込口がありますが、4038号室に近いのは、船首側の右舷貨物積込口です。また、積込口には、荷物を運ぶカートが置かれており、下の荷台にルミノール反応があったことから、石川を運ぶために使われたと思われます」

神谷は説明を終えると、苦笑した。捜索は岡村から一任されており、自分の推測に基づいて行動した。それが的中したために自分でも驚いている。

「ただ、君の努力と優秀さは認めるが、石川の死体が発見されない以上、彼の落水は、規定に従って転落事故として処理し、各方面に報告するつもりだ。問題はあると思うかね」

インターバンは上目遣いで尋ねてきた。

「４０３８号室と右舷貨物積込口の血痕から事件性があるのは、明らかです。ただし、上海に到着し、中国の公安警察に届けても彼らは動かないでしょう。事件として中国側に報告する必要はないと思います」

神谷は肩を竦めた。

「私も同感だ」

インターバンはにやりとした。石川の落水を事故として処理するのに同意が欲しいだけなのだろう。

「問題は、石川が殺害された可能性が高いということです。つまり殺人犯はまだ船に乗っているんですよ」

神谷は強い視線でインターバンを見つめた。

「殺人犯は、また誰かを殺すとでもいいたいのかね？」

インターバンは頬をぴくりと痙攣させた。

「殺人の目的が分からない以上、警戒すべきです。ただ、豪華客船にもかかわらず乗務員居住区で起きたということは、金品目当てではなく特定の目的があったのでしょう。また、侵入方法も問題です。血溜まりを拭き取った跡があった場所は、出入口から二メートルほどのベッドの下です。石川が犯人を招き入れた可能性もありますが、乗務員居住区に侵入できたということは、犯人は乗務員用の乗船証を持っていた可能性もあります」

「犯人は、乗務員なのか！」

インターバンは眉を吊り上げた。

「可能性はあります。ただ、乗務員の乗船証だけでは、4038号室のドアロックは開きません。マスターキーも必要になるでしょう」

今なら玲奈に頼めば、どちらも揃う。だが、犯人はハッカーである藤井を監視カメラの偽装のためだけに使っている。

「それは考えにくい。なぜなら、乗船証はドアの電子キーにもなっている。管理は徹底されており、紛失すれば始末書だけでなく罰金も科せられる。まして、マスターキーは厳重に保管されており、所持している者は私が把握している。それに、偽造しようとしても、よほど優秀なハッカーを連れてこないと無理だろう」

インターバンは首を振って笑った。

「それなら、乗務員が手引きしたとしたらどうでしょうか？　石川が気を許してドアを簡単に開けるような人物ということになりますが」

神谷は顎を摩りながら言った。松永の話では、石川は気さくな人間で他の乗務員ともコミュニケーションが取れていたようだ。

「女性従業員ということか？」

インターバンは頷きながら言った。否定はしないが、男が気を許すのが女性というのは古典的な考え方である。

「現時点では男女の判断はできません。おそらくいくらか金を握らせ、石川さんに会いたいから案内してくれと頼んだのでしょう。だが、部屋に案内した途端、犯人は石川さんをナイフで殺害した。そして、それを目撃した人物もナイフで脅し、そのコントロール下に置いたのだと思います」

神谷は殺害した状況を頭に巡らせ、犯人像を確立させていた。おそろしく冷酷な男で完璧主義者なのだろう。男と判断したのは、石川は小柄だったが、鍛えた体をしていた。簡単に殺されるとは思えないのだ。犯人は、ナイフの扱いに慣れたプロに違いない。

「……手引きしたが、被害者ということか」

インターバンはほっとした表情を見せた。

「犯人はその人物を脅し、床の血溜まりの掃除もさせたかもしれませんね。自分で床の掃除をしている間に逃げられてしまう可能性もありますから。その人物を使って、……待てよ。そういうことか。船長、4038号室で確かめたいことがあります。だれか、居住区に案内してもらえませんか？」

神谷はぽんと手を叩いた。

「いや、私が案内するよ。私は今、暇なんだ」

インターバンは強張った笑みを浮かべた。殺人事件となれば大ごとになる。今の段階で、情報が乗務員に漏れることを嫌っているのだろう。

「それでは、よろしくお願いします」

神谷は席を立ち、出入口のドアを開けた。

7・同九月三十日AM0：18

零時十八分、4デッキ。

クルー専用エレベーターを降りた神谷とインターバンは、右舷の通路に出た。途中で船長とすれ違った乗務員が驚いて立ち止まる。

クルーズ船は軍艦ではないが、階級ははっきりしており、船長や一等航海士など上級乗務員は5デッキより上の住民であり、穴蔵のような乗務員居住区で見ることはまずないからだろう。

インターバンは4038号室の前で立ち止まると、周囲を見回した。この部屋で問題があったことは、乗務員はすでに知っている。そこに立ち入るのに人目を気にしているのだろう。

ポケットからカードキーを出すと、ドア下のスリットに差し込んで解錠した。マスターキーを持っていたようだ。

神谷が先に部屋に入ると、船長は廊下を窺いながらドアを閉めた。よほどこの部屋に入るのが、後ろめたいのだろう。

「説明してくれないか」

インターバンは、部屋の中を見回しながら尋ねた。窓もない船室が珍しいようである。

「ちょっと待ってください」

神谷は道具箱からルミノール液を入れたスプレーボトルを出し、二段ベッドの前とその下に吹きかけ、部屋の照明を消した。

床が青白く光る。

「オーマイガー！」

ルミノール反応を見たインターバンが、声を上げた。ルミノール反応の怪しげな発光をはじめて見たのだろう。

神谷は改めてベッド下を覗き込んだ。

ベッド下の血痕はベッドの端から五十センチほど奥にある。スマートフォンで血痕を撮影すると、立ち上がり部屋の照明を点けた。

「やはり、そうか。最初に気付くべきだった」

撮影した画像を確かめた神谷は、舌打ちをした。

「何か分かったのかね？」

インターバンは一九〇センチほどあり、神谷の後ろから覗き込んできた。

「ベッド下の血痕は、拭き取った跡だと思っていたんです。しかし、床の血痕を見ればかなりの出血だと分かりますが、ベッド下の血痕と繋がっていないんですよ」

大量出血してベッド下にまで血が流れたのなら繋がっているはずだが、三十センチほど間があるのだ。

「すまない。詳しく説明してくれ。よく分からない」

インターバンは、神谷の前に立ち、首を捻った。

「床の血痕とベッド下の血痕は三十センチ以上離れています。犯人は協力させた乗務員に床掃除を命じたのでしょう。その人物は掃除をしながらベッドの下に手を伸ばし、雑巾の血を床に擦り付けたんじゃないでしょうか」

「なぜそんなことをしたんだね？」

インターバンはまだ首を傾げている。

「事件だと知らせるためでしょう」

雑に拭き取ったのではなく、擦り付けたと判断した方が、納得いくのだ。

「犯人に隠れてその人物はわざと血痕を残したのかもしれないが、それだけで殺人と判断するには早計ではないかな。そもそも死体がないんじゃ、立証もできないだろう」

インターバンは首を振った。たいした証拠にはならないと言いたげである。殺人事件ともなれば、警察への対処もさることながら客船としての評判も落とすからだろう。

「確かに……」

神谷は大きな息を吐き出すと、腕を組んで部屋の中を歩いた。不自然な血痕があったからと言っても、石川が殺害された可能性を提議したに過ぎないのだ。たったこれだけのことでは中国の公安警察でなくても、日本の警察も動くとは思えない。

「ふーむ」

神谷はベッドの下をもう一度覗き込んだ。床の血痕を拭った人物は、どんな精神状態に置かれていたのだろうか。凶器を持った犯人に脅され、恐怖に震えていたことだろう。それに自分の命の危険も感じていたに違いない。

事件当時の状況を再現しようと、床に跪（ひざまず）いてベッドの下に手を伸ばした。その人物は必死に事件があったことを知らせようとしたに違いないはずだ。

「待てよ」

神谷は独り言（ひとりごと）を呟きながらポケットからＬＥＤライトを取り出し、ベッド下の血痕を照らした。

事件を知らせようとするのと、助けを求めるのとでは意味が違う。インターバンが疑問を抱くのも当然である。血痕を発見されたとしても、自分が救われる可能性はないのだ。掃除をさせられた人物は、自分の死を悟ったからこそ、知らせようとしたのではないか。

「血痕を残したのは、アイキャッチか？」

神谷はベッドの下を隅々までライトの光を当てると、仰向けになってベッドの裏側も見た。ベッド裏の縁（ふち）に血の汚れがある。

「あったぞ！」

神谷は叫び声を上げた。よく見ると、汚れではなく、血で書かれた文字に見えるのだ。スマートフォンで撮影すると、立ち上がった。

「これを見てください。記号のようですが、あなたには分かりますか？」

神谷はスマートフォンで撮影した画像をインターバンに見せた。

「２Ｂ５と書かれているようだが、何のことだろう？」

インターバンは、口をへの字に曲げた。

「船に関係することだと思うんですが」

船員ならすぐ分かる記号だと予測したのだが、違っていたらしい。

「２デッキのＢ５ということだろうか？　機関室の乗務員なら分かるかもしれないな。それとなく聞いてみる」

インターバンは、出入口近くに設置してある内線電話の受話器を上げ、機関長を呼び出した。

「インターバンだ。２Ｂ５という記号に何か思い当たらないかな。……そうか。もし、思い出したら教えてくれ」

インターバンは受話器を戻すと、首を振ってみせた。

「引き上げますか」

溜息を漏らした神谷は、ドアを開けた。

船内捜査

1・同九月三十日AM7：00

　午前七時、自室を出た神谷は、エレベーターホールに向かった。

　インターバンと4038号室を調べ、2B5と血で書かれた文字を発見したが、それが何を意味するのか未だに摑めていない。インターバンも主だった部下に尋ねてみたが、答えは見つからなかったそうだ。

　また、石川の他にも行方不明者を探したところ、あらたに真野理恵というカジノでバニーガールをしている女性が部屋に戻っていないことが判明した。推測の域は出ないが、犯人に利用されたのは彼女ではないかと思われる。とすれば、真野も殺害されて石川と一緒に海に突き落とされた可能性が出てきたのだ。

「おはようございます」

　エレベーターを待っていた沙羅が、振り返って挨拶をしてきた。昨日とは逆である。

「おはよう。いつも早いんだね」

　神谷は筋肉をほぐすため首を回しながら尋ねた。眠ったのは朝方の五時過ぎで、一時間ほど仮眠を取っている。さすがに今日はジョギングしようとは思っていないが、出がけにシャワーを浴びてスーツからスポーツウェアに着替えてきた。

「私たちは心のバランスを保つために、環境が変わってもなるべく同じ生活をするように心がけているんです」

笑みを浮かべたものの、沙羅は眠そうな顔をしている。「私たち」とは彼女と玲奈（れいな）のことに違いない。会話できない二人が共通のルールを作っているのはおかしな話だが、不思議とは思わなくなった。

「だが、なんだか眠そうだ」

神谷は開いたエレベーターのドアを押さえて、沙羅を先に乗せた。

「玲奈がいつもより頑張って疲れたらしく、三十分ほど早く寝たみたいです。余分に睡眠を取ったはずなのに、なんだか私も疲れているんです。いつもは、私が午前六時半から午後六時まで、彼女は午後七時から午後十一時半まで起きています。夕方に一時間の睡眠を取ることで、スムーズに入れ替わるようにしているんですよ」

沙羅は口元に手を当てて欠伸（あくび）を嚙（か）み殺し、涙目になった。

「そうなのか。あらかじめ聞いておけばよかったな」

神谷はつられて欠伸をしながら言った。石川の捜査は明日の朝、上海（シャンハイ）に到着したら強制的に終了するだろう。なぜなら二人も殺害した犯人が同じ船で日本に帰国するとは思えないからだ。だが、悪いことばかりではない。現時点では犯人も船から逃亡することは不可能だからである。

昨夜、作業員に扮した外山が、4038号室から出た松永から小さなケースを掏摸取っている。中身はUSBメモリであったため玲奈に確認してもらおうと思ったが、すでに彼女は眠った後だった。貝田もパソコンを持っていたので借りてみたが、USBメモリにセキュリティロックが掛けてあり、中を見ることが出来なかったのだ。

神谷と沙羅は、昨日と同じ5デッキのオーシャン・レストランに入った。

ビュッフェメニューは、ほぼ毎日同じらしい。ただ、和食と洋食で種類があるので、品数を変えるだけで変化が出る。

とはいえ、神谷はいつものようにパンとコーヒーとミルク、それにサラダとハムやソーセージを盛り合わせ、さらにヨーグルトとオレンジなどの果物も添えた。

今日は左舷側の窓際の席に座った。船はすでに東シナ海に出ているようだ。海しか見えないのでどこに座っても風景は同じである。それに席も、空いていた。豪華客船の客はゆっくり起きるらしく、この時間食事をしているのは年配者が圧倒的に多い。

「お待たせしました」

沙羅が向かいの席に座った。昨日よりもケーキやプリンなどのデザートが多い。

「疲れている時は、甘いものが欲しくなるんだね」

神谷は彼女のトレーを見て言った。朝からケーキを食べる気はしないが、プリンなら食指が動く。

「そうなんです。玲奈は私と違ってＩＱが高くて、彼女は頭を使うからものすごく糖分を消耗するそうです。だから、私は朝起きると、血糖値が下がっていることが多いんです」

沙羅はさっそくプリンに手を出した。

「そういえば、彼女はかなり疲れた様子だったな」

神谷はバターをたっぷりと塗ったトーストにかじり付いた。

「そうみたいです。『疲れたから寝るね』ってメッセージが届いていました」

三口でプリンを平らげた沙羅は、オレンジジュースを飲みながら言った。

「実は昨日、彼女に仕事を頼もうとしたんだけど、夜遅かったから駄目だったんだ」

今度はウィンナを頰張る。疲れた時は肉を食う。学生時代から実践してきたことだ。もっとも、それほど若くないので量は控えるようにしている。食事をして英気を養ったら、岡村が眠っていようが叩き起こして捜査の協力を求めるつもりである。

「私から、彼女に仕事の内容を伝えましょうか？　もっとも、メッセンジャーかメールで残すだけですけど。でも、彼女が目覚めて最初にすることは、私からの連絡を確認することだから、一番早く伝わりますよ」

沙羅はボールに山盛りのサラダを食べはじめた。食欲が止まらないようだ。

「それじゃあ、お願いしようか。実は昨日、セキュリティロックが掛かったＵＳＢメモリを手に入れたんだ。あとで君から、彼女に渡してくれないか」

神谷は何気なく言った。

「わっ、分かりました」

沙羅は右手のフォークを止めて目を瞬かせると、くすりと笑った。

「大事な物だから部屋のセーフティーボックスに保管して欲しい。共有しているのかい？」

神谷は彼女がなぜ笑ったのか分からずに、首を捻った。

「暗証番号は、チェックインした私が決めましたけど、もちろん共有しています。ＵＳＢメモリをセーフティーボックスに入れて、神谷さんからのメッセージも残しておきますよ。彼女のためにも、用事がなくても日記がわりに毎日メッセージを送るんです」

元気が出たらしく、沙羅は笑顔で答えた。

「よかった。彼女によろしく伝えてくれ」

神谷はコーヒーを啜りながら言った。

ポケットのスマートフォンが、振動した。画面を見ると、岡村から「打ち合わせがしたい」というメッセージが入っている。叩き起こす手間は省けたらしい。彼は零時過ぎに眠ってしまったので、それ以降の報告はしていないのだ。

「すまないが、先に席を立つよ。岡村さんからだ」

神谷は慌ただしく食べかけの皿を片付けると、レストランを後にした。

２・同九月三十日ＡＭ７：３０

午前七時三十分、９１６７号室。

神谷が部屋に入ると、貝田、外山、それに出勤前の尾形の姿があった。

「お疲れさん。食事中だったかな。すまない。篠崎君は食事に行っているはずだから、あえて呼ばなかったんだ」

窓際に立っていた岡村が気を使った。

「大丈夫です。みなさんがいらっしゃるなら都合がいいです」

神谷は、船内を捜索して右舷貨物積込口で血痕を発見したことやインターバン船長を伴い４０３８号室で血文字を発見したことなどを報告した。

「血文字は、ダイイングメッセージかもしれないな。素晴らしいの一言だ。一人でよくそこまで突き止めたものだ」

岡村は手を叩き、褒め称えた。

「やめてください。犯人を見つけたわけでもありませんから。それに捜査のリミットは二十四時間を切っているんですよ」

神谷は岡村に詰め寄り、強い口調で言った。岡村は神谷を捜査員として育てるために一人で活動させたいのかもしれないが、時間がない以上協力が必要なのだ。

「焦る気持ちは分かる。だが、ここで急いてはことを仕損じる。捜査が時間との闘いという場面に立たされた時、慎重に行動しなければ犯人をとり逃す。それだけならともかく、冤罪という絶対あってはならないことも起こりうる。ここは冷静になるべきだろう」

岡村は動じなかった。本庁の捜査一課係長として働いてきた人間だけに、その言葉に説得力がある。

「どうしたらいいのか、ご指示ください」

神谷は素直に教えを請うほかない。

「まず、何のためにこの船に乗船したのか思い出すことだ。我々は偶然にも佐藤親子の不幸を知ってしまった。二人を今の境遇から救い出すべく動き出したことがはじまりだ。捜査の過程で佐藤勝己さんが不審死である可能性が判明し、それを解き明かすために歌舞伎町違法賭博にかかわった石川と松永に接触しようとプラチナ・クイーン号の乗船券を手に入れた。そうだろ？」

岡村は神谷の顔を見て言った。

「そうです」

神谷が頷くと、他の仲間も大きく頭を上下させた。

「はじめの目的を思い出せば、優先順位は自ずと分かる。松永の身柄確保だ。今現在、4デッキの部屋で監視されているので、彼を日本に連れ帰って取り調べればいい。ただ、藤井に関しては船会社が告訴しないことが予測されるので、上海で釈放するつもりだ」

船長は松永を帰りの便も引き続き監視下において、彼の安全を図ることを神谷に約束している。また、犯罪の目的を知らずに関わった藤井を、岡村は警察に引き渡さないことにした。闇サイト〝ダークウェブ〟に詳しいため、今後は情報屋として使うことに決めたからだ。また、藤井も犯人に命を狙われる危険性があるため、玲奈が用意した別室で身を潜めている。日本に帰るまでは、岡村の指示に従うと約束させたのだ。

「石川と乗務員を殺害したと思われる犯人は、放っておくということですか？」

神谷は鋭い視線で岡村を見た。

「馬鹿な。悪人を放っておくはずがないだろう。『小悪党を眠らせるな』、『被害者と共に泣け』、『隣人に嘘をつくな』という我が社の理念に、私は忠実なのだ」

岡村は両眼をかっと見開いた。

「それならいいんですが」

神谷は強い視線で見返した。

「昨日のうちに篠崎君に、この船の乗船リストを船会社のサーバーからダウンロードしてもらい、犯行時刻でアリバイのない乗客を調べてもらった」

岡村は得意げに言った。

「どういうことですか？　今回のクルーズで乗客乗員合わせて五千七百八十六人も乗り込んでいるんですよ。可能ですか？」

神谷は肩を竦めて見せた。

「この船の乗客は、カジノやレストラン、それに売店に至るまで決済を基本的に乗船証で行う。乗船証の使用履歴で、行動範囲が分かるんだ。また、部屋に戻れば各部屋のセキュリティ記録でも分かる。つまり、犯行当時に部屋に不在で、乗船証の使用履歴がない乗客は、今のところアリバイがないということになる。ただし、その条件では二千人近くなってしまった。そこで、まず、夫婦、子持ちは除外し、さらに犯人の体力なども考慮して二十歳から五十五歳までの男性とすると、百五十二人まで絞り込めた。そこで、私と神谷君でまずは内線電話を掛けて簡単な聞き取りを行い、怪しいと思った人物はマークし、後で直接聞き込みをする。リストは私のスマートフォンに入っているので、君らにも送るよ」

岡村はそういうと、自分のスマートフォンを操作した。

「我々は民間人ですよね。どうやって聞き込みするんですか？」

貝田が岡村と神谷の顔を交互に見て尋ねた。

「聞き込みと言われて、気負う必要はない。石川を部屋から連れ出し、3デッキの右舷貨物積込口から突き落としたとされる時刻は、昨日の午後八時から十五分の間だろう。その時間のアリバイを確認出来ればいいんだよ。それには、カジノをネタに簡単な小道具を使うんだ」

岡村は自分のこめかみを指さした。

「小道具？」

貝田はぴんとこないらしい。神谷はにやりとした。

「例えば、『昨日の午後八時過ぎに、カジノのお客様から高額コインの落とし物が届けられました。そのため、昨日カジノご利用のお客様に確認の電話をいれています』と尋ねるのだ。話すきっかけを作れば、あたりが出てくるだろう」

岡村は鼻を鳴らして笑った。

「いいアイデアですが、アンケート調査という内容で、その時間のことを直接聞いたらどうですか？」

貝田は納得していないらしい。

「犯人は警戒しているはずだ。アンケート形式では、尋問と変わらない。すぐにばれてしまうよ。それより、高額コインという餌の方が、騙されやすい。米国では囮捜査に使う常套手段だ」

「なるほど、高額コインとなれば、耳を貸しますね。カジノに行っていれば、相手はそれなりに答えるでしょうし、コイン欲しさに嘘をつけば、追求すればいいんですね。私は捕まえられる方でしたので、参考になります」

貝田は妙なことで感心している。

「社長」

尾形が手を上げた。

「君のシフトは午後からのはずだ。白黒は午前中に済ませるから、付き合ってくれ。心配することはない」

岡村はスマートフォンを操作しながら言った。

「そうじゃなくて、神谷さんが調べてきた2B5という血文字ですが、どこかで聞いたことがあるんですよ」

尾形は腕を組んで天井を見上げている。

「どこって？」

　顔を上げた岡村は尾形に近づいて尋ねた。

「それが、はっきりしないんですよね。もちろん、この船に乗船してからですが、面と向かって言われたのではなく、どこかで他人が話すのを聞いたのでしょう」

　尾形はしきりに首を捻っている。

「それなら、乗務員居住区か、あるいは職場のカジノで聞いたのだろう。スターゲート・カジノに出れば、思い出すんじゃないか」

　岡村は尾形の肩を叩いた。

「そうですね。営業開始前ですが、カジノに行ってみます」

　尾形は腕時計で時間を確かめると部屋を出て行った。

「とりあえず、全員のリストを君らに送った。私は頭から、神谷君ケツからはじめてくれ。カジノが開けば、客も動く。それまでにできるだけ多くの聞き込みを終えたい。それから貝田君は神谷君、外山君は私のサポートに付いてくれ」

「サポートって、何をすればいいんですか？」

　貝田がきょとんとしている。

「神谷君の助けになることはなんでもするんだ。そのためにリストを送ったんだぞ」

　内線電話をかけるには、客室のあるデッキの階数と部屋番号が必要になる。リストから二つの数字を足した番号を読み上げてくれるだけでも、手間は省けるのだ。

「飲み物を買ってくるとか、汗を拭くとか、ですか?」

貝田が身振り手振りで尋ねた。

「そういうことだ」

岡村は間抜けな質問にもかかわらず真剣に頷いた。

「了解です」

貝田が敬礼してみせた。

「それじゃ。自室の内線電話で掛けます」

神谷は、貝田をちらりと見た。どうやら、じゃれ合っていたようだ。

「そうしてくれ」

苦笑した岡村は、貝田を追い払う仕草をした。

3・同九月三十日AM9:10

午前九時十分、9165号室。

「そうですか。その時は、ゴールドシアターでショーをご覧になっていたんですか。演目は確かゴスペルミュージックでしたね?」

神谷は手元の印刷物を見ながら確認した。岡村と玲奈が絞り込んだ乗客に電話を掛けて、昨日の午後八時から十五分の間のアリバイを確認しているのだ。

印刷物は〝プラチナ・ニュース〟というタイトルで、プラチナ・クイーン号の横浜から上海までの航海予定と、船内施設や催し物、服装の注意などの様々な情報が詰め込まれた情報誌である。これを参考にすることで、航海を何倍も楽しめるという趣旨で各部屋に配られている。

「えっ、そうでした。音楽とマジックショーでしたね。あの演目は大変評判がいいんですよ。ちなみに今日はミュージカル『サタデー・ナイト・フィーバー』です。よろしかったらご覧ください。ご協力ありがとうございました」

神谷は内線電話を切った。わざと間違えて相手の答えを導き出したのだ。

「どうでしたか？」

貝田がメモ帳を手に尋ねてきた。岡村が送ってきたリストを書き出している。彼はデジタルよりもアナログ派らしい。

「怪しい点はなかった。船旅を楽しんでいるようだ。除外してもいいだろう。すこし、ブレイクしよう。喉が渇いた」

すでに二十七件確認した。そのうちカジノに行っていたのは十二人だが、コインを犯行時間前に交換していたため、乗船証は使わなかったらしい。それに正直にコインは落としていないと答えている。また、ダンスホールやバーに行ったが、現金で決済したそうだ。

神谷はアリバイを聞き出すためにショーを楽しめたかとか何かサービスに不満はないかと、論点をずらしながら巧みに聞き出していた。

刑事部とは縁はなかったが、意外と捜査員として活動するのも面白いといまさらながら思っている。退職する際、上司から休職を勧められ、言語能力を生かした外事課や、方向性を変えて刑事課に行かないかと何度も考え直すように説得されたが、自分の能力に疑問を持ったためと頑なに断った。

神谷は退職後すぐにパリに戻り、ソフィの墓に日参した。ある時、彼女の里親と墓地で会い、許しを得ようとしたこともある。罵声を浴びせられることを覚悟したが、意外にも家に招かれ、食事までご馳走になった。

神谷が毎日訪れ、墓に花を手向け、掃除していたことを知っていたらしい。墓地で会ったのは偶然ではなく、神谷のせいではないと伝えたかったそうだ。帰り際に、彼女の遺品である指導ノートを渡された。ソフィは数学の教師をしており、生徒を指導するためにまとめていたものらしい。

ノートには指導項目だけでなく、欄外に日記のようなメモ書きが残されており、そこに神谷のことも記されていた。神谷は夢中になってそのノートを読み耽り、あることに気が付いた。神谷に出会う前に彼女は自分探しの旅に出ていたのだ。

そこで、彼女がこれまで行った場所を旅した。ハンブルクに行ったのもそのためである。そして、最後に彼女が自分のルーツはここだと確信したのが、日本だった。しかも、日本人である神谷と出会ったのも、彼女は運命ととらえていたようだ。神谷が放浪生活をやめて日本に帰国したのも、それが理由である。

「物思いに耽っている神谷さんは、格好いいですね。何を考えていたんですか？」

貝田がペットボトルのジュースを飲みながら尋ねてきた。社内では一番親しいだろうが、あまり自分のことを話していない。そのため、ことあるごとに尋ねてくるのだ。

「墓だ」

神谷はぼそりと言った。

ペットボトルの水を飲みながら、モンパルナスの墓地を思い出していたのだ。

パリでは慢性的な墓地不足が問題となっている。すでに市内十四箇所の墓地は満杯で、よほどの有名人か金持ちでなければパリ近郊にも墓地は確保できない。だが、ソフィはテロ被害者だったために奇跡的に入れたようだ。

とはいえ、遺族がなく長年所有権が分からなくなった墓を区画整理して分譲された猫の額ほどの墓である。だが、木々が生い茂る場所にあった。彼女のことを思い出すのは辛いが、春の日差しを浴びた墓地の風景はなぜか心休まるのだ。

「ご冗談を」

貝田は右手を大きく振って笑ったが、神谷の顔を見て口を閉ざした。ソフィのことは彼女の里親以外に誰にも話していない。自分の過去をさらけ出すほど心のゆとりはないし、それが話せるほどの親しい人物にも出会っていない。

「さて次にいくか……」

内線電話の受話器に手を掛けると、呼び出し音が鳴った。

——私だ。尾形君が例の暗号の意味が分かったと言っている。カジノに行って確かめてくれないか。作業は私が進めるから気にしなくていい。

岡村からである。

「了解」

神谷は電話を切ると、すぐにカジノがある6デッキに向かった。

A2出入口から入ると、スロットマシンの音がまず耳に響く。朝の九時というのに、スターゲート・カジノは熱気に包まれていた。

「神谷さん、こっちです」

尾形が手を振っている。彼に付いていくと、ドリンクのサービスカウンターに出た。バニーガールが、プレイ中の客からの注文を頼む場所である。カウンターの向こうには三人のバーテンダーが待機していた。

「彼はたまたまこの船に乗り合わせた私立探偵で、真野さんの捜索を手伝ってもらっている。すまないが、この方にバカラの客から注文を受けた際、どう対応するか教えてくれないか？」

尾形はカウンター前に立っているバニーガールに頼んだ。胸に「ＥＲＩＫＡ」と記された名札を付けている。

「私たちはテーブル席のお客様から注文を受け、このカウンターから注文の飲み物を運びます。注文は、お客様の席で覚えます。バカラのテーブルは四つあり、座席はそれぞれ五つあります。それで、二番目のバカラテーブルで席は右から四番目なら『２Ｂ４』と注文のドリンクを覚えます。バニーガールだけの覚え方ですが、これなら注文を受けて、給仕を他の女の子に頼むこともできます」

ＥＲＩＫＡは丁寧に答えた。尾形はバニーガール同士のやりとりを聞いたのだろう。

「なるほど、注文は席の位置で覚えるのか。とすれば、『2Ｂ5』なら、二番目のバカラのテーブルの左端の席ということだな」

神谷は大きく頷いた。

「真野さんとは、友達だったんです。彼女を捜してください。お願いします」

ＥＲＩＫＡは頭を下げたが、その目には涙が溜まっていた。船上だけに結果を覚悟しているらしい。

「昨日の彼女のシフトは分かりますか？」

神谷は尾形に尋ねた。

「昨日は、早番の午前十一時から午後五時までです」

尾形は即答した。あらかじめ調べておいたようだ。

「ありがとうございます」

神谷は礼を言うと、足早にカジノを後にした。

4・同九月三十日ＡＭ9：20

Ａ1出入口からカジノを出た神谷は、スマートフォンを手にエレベーターホールで苛立っていた。

「何やっているんだ！」

思わず舌打ちすると、クルー専用のエレベーターを待っているフィリピン系の女性従業員と目があった。彼女は勤務明けらしく、下の階のボタンを押している。

「独り言なんだ。すまない」

神谷が英語で謝ると、女性はぎこちない笑顔を見せた。

事件の窓口になっている一等航海士ケビン・シェリンガルに、何度も電話を掛けているのだが出ない。４０３８号室に残されていた血文字の意味が分かったので、それを手掛かりにカジノの監視映像を見せてもらおうと思っているのだ。

神谷は２Ｂ５がバカラのテーブルの座席を示していたことから、行方不明になった真野が犯人の座っていた席の位置を伝えるために残したメッセージだと思っている。

どこのカジノもそうだが、テーブルゲームの客の不正を監視するために監視カメラが何台も目を光らせているため、顔を隠してプレイすることはかなり難しい。そのため、真野が勤務している時間中でバカラのテーブルに向けられた監視カメラに、犯人が映っている可能性がある。玲奈に頼めば期待以上のことをしてくれるのだろうが、日が暮れて彼女が目覚めるまで待てないのだ。

目の前を通り過ぎた二人の警備員が、クルー専用のエレベーターを横目に、慌ただしくスタッフ専用の階段口のドアに入って行った。エレベーターを待つ時間が惜しかったらしい。

「うん⁉」

神谷の右眉が吊り上がった。

エレベーターホールの片隅にあるクルー専用のエレベーターのドアが開き、シェリンガルが乗っているのが見えたのだ。

フィリピン系の従業員がエレベーターに乗った。

「待ってくれ」

神谷は閉まり掛けたドアをこじ開け、クルー専用のエレベーターに乗り込んだ。

「ミスター・神谷！」

シェリンガルが両眼を見開いた。神谷がエレベーターホールにいることに気が付いていなかったらしい。

「何度も電話を掛けたんだぞ。急いでどこに行くんだ？」

神谷はシェリンガルの隣りに立ち、小声で咎めた。

「ここでは説明できない」

シェリンガルは、フィリピン系の女性従業員をチラリと見て言った。彼女もこちらを気にしているのだ。

「分かった」

神谷は口を閉ざした。

二つ下の階である4デッキで三人は下りた。

「一緒に来てくれ」

シェリンガルは女性従業員が右舷の通路へ立ち去ると、反対側の左舷の通路を小走りに進んで行く。

十五メートルほど先に警備員が、立ち塞がっている。

警備員はシェリンガルを見て敬礼すると、壁際に体を寄せて通路を空けた。その先の部屋の前にも警備員が立っている。

シェリンガルは、警備員の背後にある4045号室のドアを開けて中に入り、神谷も続いた。

「むっ！」

神谷は眉間に皺を寄せた。床に血塗れの警備員が倒れており、その傍らに明るいブルーの制服を着た白人の医者が跪いている。

「ドクター、どうですか？」

口元を手で押さえたシェリンガルは、医師の背中越しに尋ねた。死体を見て、吐き気を覚えているらしい。

「失血性のショック死だろう。頸動脈を切断されている」

白人の医師は首を横に振った。

「拝見していいですか？」

神谷は医師の横に立ち、冷静に尋ねた。死体を見るのは初めてではない。パリでもハンブルクでも見たことがある。下町の安いアパートメントで暮らしていたので、殺人事件は日常的に起きていた。治安が悪かったのだ。

「……どうぞ」

医師はシェリンガルが頷くのを確認すると、立ち上がった。

「犯人は、ナイフを下から上に左総頸動脈を切り裂いている。殺しのプロだな、これは」

神谷は死体の首筋を見て唸った。SATでもスカイマーシャルでも対テロの様々な訓練を受けている。その中でテロリストがどうナイフを使うかという実技もあった。テロリストは殺しのプロでもある。神谷は彼らの手口は熟知していた。

青白い顔をしたシェリンガルは、尋ねてきた。

「どうして分かる？」

「傷口は左下の方が深く、右上は浅くなっているからだ。犯人は警備員を脅(おど)してドアを開けさせ、喉元にナイフを当てた状態で部屋に侵入し、返り血を浴びないように彼の頭の後ろを摑んで捻るように首を下から切り裂いたんだろう。だから、壁に血が飛び散っている」

神谷は立ち上がり、壁の血痕を見て頷いた。

「素人(しろうと)にはできない芸当だな。さすが元警察官だけのことはある。君の解説に納得したよ」

シェリンガルは神谷の顔を見て頭を何度も上下に振って見せた。

「どうして襲われたのか説明してくれ」

神谷は嫌な予感がしている。松永は4デッキ乗務員居住区の空き部屋で保護されていると聞いていた。殺されたのは、松永の部屋を警護していた警備員に違いない。

「実は、この部屋で松永を保護していたんだ。殺されたのは、この部屋を監視していた警備員だよ」

シェリンガルは額を掻きながら渋々答えた。

「松永は拉致されたのか」

予期していた最悪の状態になったらしい。

「非番の警備員も総動員して捜索するように命じた。特に貨物積込口も含めて甲板にも見張りを立たせた。だが、まだ日があるうちに動くとは思えない」

シェリンガルは額に浮いた汗をハンカチで拭った。落水なら事故で片付けられるが、ナイフでの殺人はもはや事件である。上海で公安警察に報告しなければならない。先のことを考えると、上級乗務員は心臓に悪いだろう。

「カジノがはじまり、乗務員居住区が手薄になる時間を狙ったのだろう。だが、松永を担いで移動することはできない。まだ、彼は生きているはずだ。しかし、日が暮れれば、デッキから突き落とされる可能性もある。それに海上に出られるのは、甲板だけじゃない。ベランダ付きの部屋も危ないぞ」

神谷は険しい表情で言った。

「なっ！　本当だ。ベランダから突き落とされたら大変だ。だが、お客様がいらっしゃる部屋を調べることはできない」

シェリンガルは頭を抱えて首を振った。

「監視カメラで、犯人を追跡するんだ。セキュリティルームに連れていけ！」

神谷は命令口調で言った。

「イエッサー」

シェリンガルはまるで部下のように返事をした。

5・同九月三十日AM11：50

午前十一時五十分、神谷は、９１６７号室のドアをノックした。

「入ってくれ」

「失礼します」

神谷は岡村の返事と同時に部屋に入った。

「どうだった？」

ソファーから立ち上がった岡村は、険しい表情で尋ねた。4デッキの殺人現場から移動する際に、13デッキ操舵室の一角にあるセキュリティルームに行くことは伝えてあったのだ。

「だめでした」

神谷は小さな溜息を吐くと、首を振った。

石川を捜索するために昨日も訪れている。そのため、担当者とも顔見知りであった。また、この船のＩＴ担当者にも協力を得ている。

「４０４５号室の前に立っていた警備員を襲った犯人の顔が映っていなかったのか？」

岡村は首を傾げた。

「監視映像そのものが映っていないのです。広範囲の監視カメラの映像がノイズで荒れていたので、犯人がどこから来て、松永をどこに連れ去ったのかも分からないのです」

神谷は両手を振ってクロスさせた。

「犯人は、ジャミング装置を使ったのか」

舌打ちをした岡村は、腕を組んで天井を仰いだ。

「そのようですね。石川を拉致した時は、第三者の犯行だとバレるから使わなかったのでしょう。藤井と連絡がつかず、彼を使って監視映像をハッキングすることもできないので、仕方なくジャミング装置を使って強硬手段に出たに違いありません」

「犯人は、どこかに潜んで夜になるのを待っているのだろう。すぐにでも、彼を救出する必要がある。だが、それまで、松永を生かしておくとは限らない。カジノの監視映像で、犯人らしき人物は特定できたんだろう？」

岡村はベッドに座ると、神谷にソファーに座るように勧めた。

「昨日の午前十一時から、午後五時までのバカラの2番テーブルに向けられたカメラの映像を調べました。左端に座った客で真野さんにドリンクを注文したのは、三人です。そのうちの一人は、年配の御婦人なので、除外してもいいでしょう。二人に絞り込めますが、二人とも特徴のない顔をしているので乗船リストからピックアップするのは、現時点では不可能だと思います」

神谷はソファーに腰を掛け、説明した。

「現時点では？　君はひょっとして……」

岡村は怪訝な表情をした。

「その通りです。玲奈さんなら、彼女が持っている顔認証ソフトを使って二人を乗船リストからピックアップするのも簡単でしょう。ただ、彼女が目覚めるのを待っていれば、手遅れになる可能性があります」

「玲奈を覚醒させるというのか？」

岡村は唸るように言った。

「沙羅さんに許可を求めようと思っています。いいですか？」

神谷も沙羅や玲奈の精神状態を乱したくはないが、背に腹は替えられないのだ。

「まずは、藤井に頼んでみてはどうかな？　彼も腕がいいハッカーらしいぞ」

岡村は玲奈を無理やり覚醒させるのは反対のようだ。

「私もそう思い、ここに来る前に藤井のところに寄って来ました。しかし、既存の顔認証ソフトを手に入れたとしてもカスタム化しないと使えない。しかも、その作業に一週間は掛かると言われてしまいました」

藤井はそこそこ優秀なようだが、玲奈とは比べ物にならないようだ。

「玲奈に頼むしかないか。それなら、君の方から篠崎君に頼んでくれ。彼女が今一番信頼しているのは、なぜか君だ。君の言うことなら聞くかもしれない。以前、同じことを私も頼んだことがあるが、篠崎君に叱られてしまったよ」

岡村は苦笑を漏らした。

「了解です」

神谷は部屋を出ると、隣室のドアをノックした。

「……どうぞ」

沙羅がドアを開けた。ドアスコープで確認したようだ。

「君に相談があって来たんだ。いいかな？」

神谷は神妙な表情で尋ねた。

「神谷さんのお願いですか？」

沙羅は笑顔で首を傾げた。

「まずは、現段階の捜査状況を教えるよ」

神谷は警備員が殺害されて松永が拉致され、監視映像がジャミング装置によって妨害されたために犯人の足取りも摑めない状態にあることを説明した。

「藤井さんでは、だめなんですか？」

沙羅は頰を膨らませて聞き返した。怒っているようだ。頼りにされているのは自分ではなく、玲奈だからだろう。

「彼では役に立たない」

神谷はゆっくりと首を振った。

「正直言って、私が望んで彼女と入れ替わったことは今まで一度もないんです。というか、彼女は私が辛くなった場合に現れるので、ある意味彼女の意思なのです。やってみないと分かりませんね。私たちは、スイッチで簡単に入れ替わるわけじゃありませんから」

沙羅は拒否しているが、それでも、どうしたらいいのか考えてくれているようだ。だが、これまでやったことがないというのなら、危険である。

「君たちに負担がかかり過ぎるようなら、諦めるよ。危険な真似はしたくないんだ。すまなかった」

神谷は頭を下げると、回れ右をしてドアノブに手を掛けた。くだらない提案をした己の浅はかさに腹が立った。彼女を傷つける前にもっと他の方法を探すべきなのだ。

「待ってください。トライしてみます。その代わり、私からのお願いを聞いてください」

沙羅は立ち上がって両手を合わせた。

「……なんなりと、言ってください」

神谷は胸を拳で叩いた。

6・同九月三十日PM1：00

神谷は眼鏡(めがね)を掛けた貝田を伴い、沙羅の部屋の前に立っていた。

時刻は午後一時になろうとしている。

「あと二分だ」

腕時計で時刻を確かめた神谷は、ドアノブに手を掛けた。

「ちょっと、待ってください。本当に大丈夫ですか？」

貝田がドアノブを摑んで首を振った。

一時間ほど前に沙羅に玲奈を覚醒させてくれるよう頼んだ。快諾とは言えないが、いくつか条件を出した上で許してくれた。

まず、玲奈との入れ替わりを容易にするために、昼寝をすること。彼女はスマートフォンの目覚まし機能で、午後一時に起きることになっている。その際、神谷は第三者を連れて沙羅の傍(そば)に待機し、目覚めた玲奈が戸惑(とまど)わないように状況を説明することなどである。

「さっき、説明しただろう」

神谷は腕時計の秒針を見ながら、答えた。

「沙羅さんは、本当に私を指名したんですか？　それに、もし、玲奈さんが目覚めて機嫌が悪かったらどうするんですか？」

貝田は妙に怯えている。

「何を怯えているんだ。沙羅さんから対処法は聞いている。時間だ。入るぞ」

神谷は偽造マスターキーで解錠し、貝田の腕を摑んで部屋に入った。

ベッドに沙羅が横になっており、枕元のスマートフォンが目覚ましの電子音を鳴らしている。

神谷と貝田が固唾を吞んで見守る中、沙羅あるいは玲奈が目覚め、スマートフォンの目覚ましを止めた。

「あらっ？」

彼女が神谷と貝田の顔を交互に見て首を捻った。

「成功かな？」

神谷は遠慮気味に尋ねた。

「ごめんなさい。寝る前に玲奈に出てくるように念じたんだけど、失敗したみたい。たぶん、今朝も抗うつ薬を飲んで、精神的に落ちついているせいね」

沙羅はベッドに座り、溜息を吐いた。彼女が昼寝をする前に玲奈に心の中で呼びかける作戦は失敗したようだ。

「それじゃ、第二弾を試そうか」

神谷は事前に失敗した時の作戦を沙羅と打ち合わせている。

沙羅は小さく頷き、自分のスマートフォンを神谷に渡した。

「貝田、沙羅さんの手首を優しく握ってくれ。興奮して自分を傷つけるようなことがないようにするんだ。安全策だ。頼んだぞ」

「わっ、分かりました」

貝田は神谷の後ろに隠れていたが、安全策と言われて渋々沙羅の手首を両手で握った。

「目を覚ますんだ！　玲奈！　起きろ！」

神谷は沙羅の両肩に手を載せると、彼女の目を覗き込みながら肩を揺さぶった。

彼女の瞳孔がみるみるうちに広がり、薄茶色の瞳が一瞬だけ黒くなった。

「なっ、何をしている！　てめぇ！」

彼女は手首を摑んでいる貝田の腕を捻って外すと、顔面に肘打ちを入れ、立ち上がる勢いでその鳩尾に膝蹴りを入れた。玲奈の覚醒に成功したようだ。

「ゲッ！」

貝田はカエルが潰れたような呻き声を上げ、仰向けに昏倒した。玲奈は無理やり起こされて不機嫌になり、暴力を振るうことが予想されたので、腕を摑んで暴れないようにして欲しいと沙羅から言われていた。その隙に神谷が説得するという作戦である。正直言って貝田の負傷は想定の範囲内である。

「玲奈さん、落ち着いて。まずは、これを見て欲しい」

神谷は沙羅から預かったスマートフォンで映像を再生し、玲奈に渡した。

――玲奈、無理やり起こしてごめんね。今、とても戸惑っていると思うけど、落ち着いて私の話を聞いて。

沙羅からのビデオメッセージである。松永が拉致され、日没までに救出しないと、殺害される可能性があることや、カジノの映像で犯人の絞り込みをするようにという指示であった。

「そういうこと。仕方がないわね。まずは、犯人の絞り込みからしましょう。映像を見せて」

玲奈は、首と腕を回しながらソファーに座った。テーブルの上の二台のノートPCのスイッチを入れて左右の掌を組んでストレッチをする。やる気は充分のようだ。

「これだよ」

神谷はセキュリティ担当者から預かったUSBメモリを渡した。カジノでバカラテーブルの左端の席に座り、真野に飲み物の注文をした二人の人物が映った映像である。

玲奈は無言でUSBメモリを右のノートPCに差し込むと、映像を立ち上げた。二つの映像から二人の男性の顔を静止画で取り込み、別のソフトでブラッシュアップし、画像を鮮明にする。

次に顔認証ソフトを立ち上げた。これはFBIが使っているソフトを玲奈が勝手にダウンロードし、自分なりに改良したものだと、岡村から聞いている。以前に捜査で使ったことがあるらしい。

左上に今抜き出した男の顔写真を配置し、それを顔認証にかけて乗客リストの写真と照合するのだ。

「一人目は、１２１０４号室、多賀野進次郎、五十一歳、会社員」

ものの数分で玲奈は顔認証の結果を淡々と読み上げると、二人目の男の顔写真を顔認証ソフトにアップした。

「絞り込んだリストには、載っていなかったな」

神谷は気絶している貝田を担いで壁際に座らせながら呟いた。

「二人目は、１１１６５号室、下河辺紀夫、四十三歳、自営業」

先ほどよりも早く玲奈は、結果を言った。

「下河辺！」

神谷は、思わず叫んだ。陽平が自宅に来た借金取りだと言っていた男だ。もっとも、よくよく聞くとスーツ姿から、借金取りと勝手に彼が思い込んでいただけだったようだが。

「馬鹿みたいに大声を出さないでよ。どうしたの？」

玲奈が睨みつけてきた。

「陽平くんから聞いていた名前だ。珍しい名前だから偶然なんてありえない。こいつがヒットマンだ。ありがとう、玲奈さん」

手を振った神谷は、部屋を飛び出した。

７・同九月三十日ＰＭ１：３０

午後一時半、プラチナ・クイーン号、12デッキ。

神谷は１２１４９号室で、英国陸軍も使用しているボディアーマー、オスプレイＭＫ４に防弾のセラミックプレートを装着した。

「防弾プレートも必要か？　犯人がＡＫ47を持っているのなら別だが」

傍で準備をしていたオースティン・ストロームが、首を捻った。この船の警備班のリーダーで、英国海兵隊員としてアフガニスタン紛争に従軍した経験があると聞いている。銃弾が飛び交う砂漠の街を経験しただけに大袈裟だと言いたいのだろう。

玲奈の協力でヒットマンと思しき人物が判明し、インターバン船長に報告している。彼は松永が人質になっている可能性があることを知り、副船長、一等航海士、それにストロームを交えて幹部会議を開いた。

インターバンから意見を求められたストロームは、犯人が人質をとって立て篭もった場合、客室エリアでの救出は、船の構造上難しいと発言している。また、部下はその手の訓練も受けていないため、救出作戦は外部の協力がなければ不可能だと答えた。

というのも、彼の部下は経験がないため足手まといに過ぎず、そうかといって単独での作戦行動は自殺行為だと言うのだ。

だが、船長は上海での公安警察の介入は避けるべく、人質の生死にかかわらず、突入を強行すべきだと考えていた。所詮、松永は船会社に雇われた契約社員のため、彼らにとって命は軽いのだろう。

だが強行突破するにも、問題があった。日本と上海間は安全な航路のため、銃などの火器は一切用意されておらず、武器は特殊警棒だけだという。ストロームも殺人のプロに特殊警棒だけで対処するのは無謀だと考えていた。

会議に参加していた神谷は、日本の警察の対テロ特殊部隊出身だと打ち明け、作戦を任せるように進言した。

当初、首を捻っていたインターバンだが、神谷が計画を話すと、彼だけでなく全員一致で作戦に賛成したのだ。

「相手は殺しのプロだ。どんな武器を隠し持っているか分からないんだぞ」

神谷は手元にある防弾プレートをストロームに投げ渡した。ボディアーマーも無線機もこの船の警備員から借りたものである。その他に特殊警棒と手錠も手に入れた。

「ただでさえ動きづらいのに防弾プレートまで入れると息ができなくなりそうだ」

ストロームは舌打ちをした。身長一九四センチ、体重は一三〇キロあるらしい。確かにこの男にはボディアーマーが明らかに小さく見える。体にあったサイズがなかったらしい。

「おまえの腹が出ているからだろう。アフガンから生還した男が豪華客船で死んだら、笑い者になるだけだ」

神谷はボディアーマーのショルダーベルトを締めて体に密着させた。

「なんとか、入ったぞ」

ストロームは、ボディアーマーの腹を叩いて笑った。

「こちらAチーム神谷。Cチーム、状況を報告してくれ」

神谷はヘッドセットのイヤホンを無線機に繋げ、仲間に連絡をした。作戦行動を取っているが、誰に聞かれても問題ないため名前で呼び合うことにしている。また、軍事行動に不慣れな者にコードネームを使わせれば、混乱するだけということもあった。

――こちら、Cチーム、尾形です。11デッキの乗客の避難を終えました。

さっそく仲間から無線連絡が入った。尾形には手の空いている乗務員を集めさせ、人質奪回作戦があるとは知らせずに下の階の乗客の避難をさせていたのだ。彼の話術で文句を言う乗客は、いなかっただろう。

「了解。Bチーム、状況を報告してくれ」

――こちらBチーム、貝田です。ボアスコープの準備は出来ています。いつでも指示してください。

貝田は張り切った声を上げた。

――同じくBチーム、外山です。ワイヤーカッターでいつでもドアチェーンを切断しますよ。

外山も弾んだ声で答えた。

船長に岡村も含めて同僚も私立探偵だと紹介し、突入の際の重要な仕事をさせている。作戦にはチームワークが必要だが付き合いは短くとも会社の仲間は信じることができた。船長も乗務員の被害が減ると、喜んで許可した。

「了解。こちら、神谷。岡村さん、応答願います」

神谷は無線連絡を続けた。

──こちら岡村、準備は出来たようだな。私は五名の警備員と一緒にいる。正面からの突入の際は、私が指揮を執る。

「了解しました。指示してください」

──こちら、岡村。Bチーム貝田、ボアスコープで室内を偵察し、人質と犯人の状況を報告。Aチーム神谷、ストロームと降下の準備をしてくれ。

──Bチーム貝田、了解しました。偵察を開始します。

「了解しました」

無線連絡を終えた神谷は、足元のロープの束を手に取った。

「君らのチームは、こういう状況になることを予測していたのか?」

ストロームは神谷と目が合うと肩を竦めて見せた。彼も無線を聞いていたのだが、日本語はほとんど分からないのだ。

「まさかな。降下の準備をしよう。もうすぐ出番だ」

首を振った神谷は、ロープの束を摑んだストロームに指示した。

「チームについても、説明したいが守秘義務があるんでね」

神谷は苦笑を浮かべて誤魔化した。

二人がいる部屋は、下河辺の1165号室の真上にあり、この部屋の客は二つランクが上のデラックスオーシャンビューの客室に移ってもらった。

　作戦は簡単である。１１１６５号室のドア下から、貝田がファイバースコープで室内の様子を確認し、岡村がドア越しに下河辺に呼びかける。貝田が下河辺の動きを逐次神谷に知らせるのだ。岡村は一課で人質事件の陣頭に立ち、犯人の説得もしたことがあるらしい。彼以上の適任はいないだろう。

　神谷とストロームは、下河辺が岡村に気を取られている隙にベランダから侵入し、松永を救出するとともに下河辺を取り押さえるという計画である。

　また、必要に応じて正面ドアから突入する際は、外山がドアチェーンを切断し、岡村が五人の警備員とともに踏み込む手筈になっていた。岡村は相手がナイフを持っていても特殊警棒があれば、対処できると豪語している。もっとも、人質がいる以上、岡村の出番がある可能性は低い。

　というのも警備員の数は揃っているが、室内に突入するのは神谷とストロームの二人だけと決められているからだ。下河辺を部屋から出さないようにし、被害を最小限に抑えることで作戦は承認されている。

――こちら貝田です。松永を確認しました。縛られて床に転がされています。生きているかは、分かりません。下河辺はベッドで横になっています。背を向けて動きませんので、眠っているようです。

　貝田は囁くような声で報告してきた。

「下河辺と松永の距離は分かるか？」

——おそらく二メートルというところでしょう。

「こちら神谷、岡村さん、応答願います」

——岡村だ。聞いていた。君ら次第だが、私の出る幕はなさそうだな。ただし、音もなくベランダに降下し、二人同時に突入しないと誰かが怪我をする羽目になるぞ。

岡村はすでに状況を分かっていた。

作戦通りに岡村がドア口で下河辺を呼び出せば、眠っている彼を起こしてしまい、かえってチャンスを潰すことになるだろう。

「了解！　我々だけで作戦を遂行します」

神谷はストロームに準備するように、合図を送った。少しでもリスクを減らすために二人はベランダの端と端にいる。それに同時に降下しなければ、意味がないのだ。

「無線を聞いている全員に告げる。Aチームだけで突入する。Bチームは、命令するまで待機」

神谷は英語で無線機を使っている警備員全員に連絡をすると、ロープを巻きつけてベランダの手すりを越えた。

すでにストロームは準備を整え、神谷を待っている。

大きく息を吸い込んだ。

陽平を助ける際、ロープも使わずに階下に飛び降りたことを思い出した。あの時は無我夢中で体が勝手に動いたのだが、今回は違う。パリの同時多発テロの時のように足が竦むようなことはないか、不安がよぎったのだ。だが、やるしかない。

勢いよく息を吐き出した神谷は、右手で「ゴー！」とハンドシグナルを送り、二人は同時に降下する。ベランダに着地寸前、空中で止まった。足音を立てないためだ。

「むっ！」

神谷は眉を吊り上げた。

下河辺が慌てた様子で半身を起こし、ストロームを睨みつけたのだ。眠っているのではなく、横になって窓の外を眺めていただけだった。

神谷とストロームはほぼ同時にベルトから特殊警棒を出し、勢いよく振りかぶって先端を出すと、ベランダのガラスを割った。

銃声！

ストロームが弾かれるように後方に倒れた。

下河辺の手にハンドガンが握られているのだ。

「くそっ！」

舌打ちをした神谷は、特殊警棒を下河辺に投げつけた。

下河辺は特殊警棒を避けると、発砲してきた。

銃弾は轟音（ごうおん）を立てながら、右耳のすぐ横を抜ける。

神谷は構わず下河辺に飛びつき、その首に右腕を絡ませて投げ飛ばした。

下河辺は空中で一回転し、壁に激突して頭から床に落ちた。

「Bチーム、突入せよ！」

号令を掛けながら神谷は下河辺の後ろ首に膝を落として押さえつけ、銃を取り上げた。気絶しているようだが、容赦はしない。

警備員が次々と突入してきた。

「犯人確保！　ストロームを確認しろ！」

命じるとともに下河辺を後ろ手に押さえると、手錠を掛けた。下河辺は、打ち所が悪かったのかピクリともしない。

下河辺に銃口を向けられた瞬間身体中が熱くなり、目の前の敵を倒すことだけに夢中で手加減する余裕はなかったのだ。アドレナリンが大量に分泌されたせいだろう。今回は、死に方というより、生き方を間違えることはなかったようだ。

「大丈夫か」

神谷はベランダを覗き、部下に介抱されているストロームに声を掛けた。

「九ミリ弾で助かったぜ」

ストロークは咳き込みながら、体を起こした。銃弾は防弾プレートを外れたらしいが、ボディアーマーには当たっている。大口径のハンドガンなら危なかった。

「わざと囮になったのか」

神谷はにやりとした。ストロークは運悪く、下河辺の顔が向いている場所に降下したのだ。だが、結果的にストロークが銃撃されることで、神谷が下河辺を取り押さえることが出来た。

「そういうことだ。礼はいらないぞ」

ストロークは親指を立てて笑うと、顔をしかめた。至近距離で撃たれたので肋骨(ろっこつ)は折れているだろう。

「礼を言うつもりはない。無理はするな」

苦笑した神谷はストロークと握手をすると、部屋を出た。

「ご苦労さん。ボーナスをはずむべきだな」

廊下で岡村が笑顔で迎えてくれた。

「本当ですか？」

神谷は首を傾げた。社員旅行になって、前借りした給料は使わなくて済みそうなので、それ以上に期待はしていなかったのだ。

「融資してもらってからの話だがな」

岡村は意味不明なことを言うと、笑いながら神谷の肩を叩いた。

二時間後、スーツ姿の神谷はポーカーのＶＩＰルームにいた。

テーブルは三台あるのだが、真ん中のテーブルに人だかりが出来ている。

ディーラーの前には四人の客が並んでおり、真ん中の席には沙羅が座っていた。彼女の前には高額チップが山のように積まれている。

彼女はゲームを降りることもたまにあるが、勝ち続けている。しかも勝負に出るときは、高額チップを惜しげもなく賭けて必ず勝つのだ。

ディーラーの近くには、別のディーラーとカジノのピットマネージャーの姿もある。負け続けているので、ディーラーをすでに二人も替えていた。

「驚いた。彼女にこんな才能があったんですか？　すでに八十万ドル以上勝っていますよ」

ウイスキーのグラスを手にした神谷は、傍の岡村に小声で尋ねた。神谷もカードゲームには自信があったが、沙羅は桁違い（けたちが）いに強い。近くに、貝田と外山の姿もある。彼らも沙羅の勝負を見守っていた。

「子供の頃、彼女の精神安定を図るために、児童福祉施設では彼女にカードゲームをさせたそうだ。というのも、カードゲームをしている時は、篠崎君は人の目を気にすることなくゲームに没頭し、他の人格に変わることがなかったからだ。しかも、彼女には超人的な記憶力がある。カードの順番をすべて記憶するらしい。だから、カードが伏せてあっても相手の手の内が分かるようだ。ラスベガスでは記憶術で勝利する者もいかさまと判断して追放するらしいが、それを証明するのは難しい」

岡村は、ブランデーグラスを片手に囁くように説明した。

「なるほど、玲奈のＩＱは百七十ありますから、沙羅さんに同じだけの能力があってもおかしくないですよね」

神谷は大きく頷いた。

だが、沙羅は立て続けに五万ドル賭けた勝負に二回負けた。

「ツキが落ちたみたい。降りますね」

沙羅は一万ドルのチップをテーブルに置くと、席を立った。勝負を見守っていた客たちから拍手が湧く。ピットマネージャーが胸を撫で下ろしている。彼女は潮時だと、わざと負けたに違いない。

貝田と外山が、彼女の稼いだコインをカゴに入れて両替場に向かう。

「ひょっとして、あれが融資なんですか？」

VIPルームから出ていく貝田らを見送った神谷は、肩を竦めた。

「そういうことだ。私の信条は、正義を重んじ、不正を許すことだ。ヒーローがボランティアじゃ、続けられないからね」

岡村は真面目な顔で答えると、神谷のウイスキーグラスに自分のブランデーグラスを当てて不敵に笑った。新大久保の裏路地の元ラブホテルとはいえ、岡村が高額な買い物が出来たことを理解した。

「悪徳ですね」

神谷は鼻を鳴らして笑った。

エピローグ

十月十三日、午後八時、新宿野村ビル四十九階。

ダークスーツを着た神谷は、イタリアンレストランのボックス席に座っていた。カップルシートと呼ばれる窓際の席で、地上二百メートルの夜景が堪能できる。

「綺麗……」

向かいの席に座る玲奈が、絶景を眺めながらポツリと言った。彼女は黒いワンピースを着て、今日は化粧もしている。

高級フレンチレストランなら赤坂や青山にもあるが、玲奈は自宅である百人町からあまり遠くには行けないという事情があった。クルーズ船に乗ることができたのは、沙羅なら長距離の移動に耐えられるからだ。

プラチナ・クイーン号で松永を拉致した犯人を見つけるため、沙羅に玲奈を覚醒させるように頼んだ際に彼女から条件を出された。それは、いつも自分のために犠牲になっている玲奈をデートに誘って欲しいというものであった。玲奈とも、神谷は褒美として食事に連れて行く約束をしていた。期せずして二人の願いを叶えたことになる。

日本には十月五日に戻っていた。だが、松永を救出して下河辺を逮捕した神谷は、警察に連日事情聴取を受けたために沙羅との約束をなかなか実行できなかったのだ。

マスコミには神谷の名前は出なかった。岡村が旧知の警察幹部を通じて、警視庁の広報に口止めをしたからである。警視庁としても神谷がマスコミに登場することで、元スカイマーシャルという身分が明るみに出るのを恐れたらしい。

下河辺は一旦上海の公安警察に連行されたが、日本政府の要請ですぐに強制送還された。中国政府は日本に貸しを作りたかったらしい。

下河辺の身柄は神奈川県警から警視庁に移されたが、黙秘を貫いていた。だが、松永の証言と彼が所持していたUSBメモリに残されていた歌舞伎町の違法賭博場の監視カメラの映像が決め手となった。証拠の映像は、USBメモリのロックを玲奈が解除し、岡村が警察に提供している。

映像には下河辺と自由民権党の秋村司郎衆議院議員が親しげに話している様子が映っていた。というのも、下河辺は秋村の私設秘書だったのだ。また、一緒に中国企業の幹部の姿もあった。

秋村はIR（総合型リゾート）開発を推し進める委員会の幹部であり、彼自身賭博好きという噂が立っていた。また、委員会は、日本のカジノに参加を表明している中国企業から賄賂を受け取っているという黒い噂もある。

石川と松永は、賭場の手入れがあった際に監視映像をコピーし、レコーダーに残された映像を消去していた。しかもデジタル化した顧客リストも持っており、監視映像と顧客リストで身の危険が迫った時の担保としたのだ。

だが、図らずも神谷が昔の事件を掘り起こし、府中刑務所にまで現れたために、秋村は危機感を覚えて下河辺に石川と松永の殺害を命じたらしい。

下河辺は黙秘を貫いていたが、秋村が罪を免れようと下河辺の独断だと罪を押し付けたために白状した。また、石川と真野の殺害のほかに佐藤勝己の殺害もほのめかしているようだ。

勝己は新宿の違法賭博場で秋村を見かけ、警察に通報すると脅したらしい。条件として、借金の帳消を迫ったようだ。余命一年と言われていただけに、怖いもの知らずということもあったのだろう。余命すらまっとうできずに、自殺を偽装されて殺されてしまった。だが、佐藤家にとって悪いことばかりではない。岡村の知人の弁護士が奔走し、久美は過払い金が発生していることが分かった。百万円ほど戻ってきたそうだ。また、下河辺の自供次第では、岡村が久美に代わって秋村に損害賠償を求めると言っている。

入社の動機は不純とも言えるが、911代理店の社員として陽平の命を救い、人質となった松川を救出し、違法賭博にまつわる殺人事件の解明もできた。

これらの結果を出したことで、忘れていたことを思い出した。子供の頃、ロンドンで見た特殊部隊隊員に言われた「正義を果たすのは、我々だけじゃないんだよ」という言葉である。神谷が求めていたのは、正義を守る仕事だったのだ。今は、長年心の中にあった重石が取れたような爽快気分である。

「お待たせしました。牛フィレ肉のロースト、赤ワインとフランボワーズヴィネガーのソースがけです」

ウェイターがメインディッシュを持ってきた。

「うまそうだ」

神谷は早速肉にナイフを入れた。

「うん？　どうしたの？」

神谷はフォークの手を止めた。玲奈が窓の外を見たまま食事に手を付けないのだ。

「私は今まで自分のやりたいように生きてきた。でも、精神科の先生に言わせれば、それは沙羅を守ることに繋がっているからだって。私は沙羅を守るために生まれたわけじゃない。だって、子供の頃は沙羅の存在も知らなかったから。でも、私の戸籍がないことに気が付いて、私ははじめて自分は嘘のような存在だと分かった」

玲奈の頬を涙が伝った。

「君は確かに存在している。美しい夜景を見ている君は、まぎれもなく存在しているし、彼女じゃないんだ」

神谷はポケットからハンカチを出すと、玲奈に渡した。

「沙羅も悩んだみたい。ＩＱが低い自分の方が仮の姿じゃないかって。だから、二人でよく話し合うようにしたの。最初は反発したこともあるけど、そのうち、理解し合えるようになった。私はいつもいじめられ、周りとトラブルを起こしていた。それを沙羅は知らない。私は知らないうちに彼女を守っていたの。それを知った沙羅は、私のことを大切にしてくれるようになった。だから、二人は双子と思うようになったの。彼女ったら、誕生日のプレゼントもくれるのよ。センスないけど」

玲奈は笑いながら、ハンカチで涙を拭った。

「君を食事に誘ったのも、彼女から頼まれたこともある。いつも君に嫌な思いばかりさせているからお礼がしたいと、彼女は言っていたよ。もっとも、私は頼まれたからじゃなく、自分の意思で君にご馳走したかった。君のおかげで事件が解決したからね」

神谷は玲奈の目を見て言った。彼女を見つめても大丈夫だと思ったからだ。

「不思議なの。初めて会った時、この人、なんでじろじろ見るんだろうって。でも次に会った時は、もう平気になっていた」

玲奈は神谷の視線を外さずに見返してきた。沙羅と同じ、美しい茶色の瞳である。

「そうなんだ。でもよかった。貝田みたいに殴られたくないからね」

神谷は軽く笑った。玲奈に殴られた直後、貝田はかなり怯えていたが、沙羅がカジノで勝った賭け金の配当をもらってからは機嫌がいい。結局、両替をして八千万円になり、岡村、貝田、外山、尾形は一千万円ずつ、残りの四千万円は、一番働いたということで、神谷と沙羅に二等分された。

「あいつは妙に私のことを怖がるから、余計腹が立つんだよね。でも、あなたは違う、堂々としている。それに瞳が悲しげだから、私と同じものを感じるの。沙羅も言っていたけど、あなたはきっと過去にとても悲しい思いをしているはずだって。あの子は、勘がいいの。私たちはあなたの瞳の奥にある悲しみを見ているんだって、言っていたわ」

「私の瞳の奥には、悲しみがあるのか……」

神谷は玲奈の瞳を改めて見た。彼女の瞳も美しい茶色だが、沙羅とは違って愁いを湛えている。沙羅の瞳にソフィの笑顔を思い出し、玲奈の瞳にソフィの安らかな死顔を連想していたのかもしれない。二人の瞳は神谷にとって、ソフィの面影を写す鏡だったのだ。胡散臭い会社でなく、沙羅に惹かれて入社したと考えた方が納得できる。

「大丈夫？　いったいどんな悲しい思い出があるの？」

玲奈が心配げに尋ねてきた。

「いつか人に話せる時がくるかもしれない。だが、まだ、その時じゃないんだ。さあ、牛フィレ肉を平らげようか。そしたら、デザートはドルチェの盛り合わせだよ」

にやりとした神谷は、フィレ肉にソースを絡ませて頬張った。

「分かった」

玲奈も笑顔になり、フォークとナイフを手に取った。

ハルキ文庫

わ 4-1

911代理店（きゅういちいちだいりてん）

著者　渡辺裕之（わたなべひろゆき）

2020年9月18日第一刷発行

発行者　角川春樹

発行所　株式会社角川春樹事務所
〒102-0074 東京都千代田区九段南2-1-30 イタリア文化会館

電話　03(3263)5247(編集)
03(3263)5881(営業)

印刷・製本　中央精版印刷株式会社

フォーマット・デザイン　芦澤泰偉
表紙イラストレーション　門坂 流

ISBN978-4-7584-4364-7 C0193 ©2020 Watanabe Hiroyuki Printed in Japan
http://www.kadokawaharuki.co.jp/［営業］
fanmail@kadokawaharuki.co.jp［編集］　ご意見・ご感想をお寄せください。